文春文庫

ユリイカの宝箱

アートの島と秘密の鍵

一色さゆり

文藝春秋

ユリイカの宝箱

アートの島と秘密の鍵

第一章　地中美術館、直島

「私を見つめ直す旅」

そこは明るく、清潔な空間だった。

吹き抜けになった天井は、距離感をつかめないくらい高い。白いポールが網目状に張りめぐらされた、近未来的なデザイン。ガラス越しに、初夏の日差しがふり注ぐ。くもりのないフロアも、階段や手すりも、ピカピカに光っていた。

はじめて訪れた羽田空港第二ターミナルに、桜野優彩は圧倒された。

目の前では、ひっきりなしに人が行き交う。薄手のコートを手に持っていたり、半袖だったりと服装はさまざまだ。ビジネスパーソン、学生、子ども、外国人。大小のキャリーケースや鞄を持って、一様に、目的地へと急いでいた。

優彩は飛行機に乗ったことがない。しかし緊張の理由は、それだけではなかった。

深呼吸をしながら、優彩は自分に言い聞かせる。

大丈夫。待ち合わせに誰も来なければ、ショッピングでもして帰ればいい。せっかく早起きして、羽田空港まで足を運んだのだ。ネットで見た五階の展望デッキにでも行って、飛行機を見物しても楽しそうではないか。

小型のキャリーケースを引っ張る手が、いつしか汗ばんでいた。

にぎやかな話し声の、もっと遠いところから、搭乗(とうじょう)手続きや就航便についてのアナウンスがこだまする。ちょうど目の前に発着掲示板があって、優彩は黒いリュックから、あの封筒を取りだした。

搭乗する便は予定通りの運航らしい。待ち合わせ場所はたしかに、この出発ロビーのAゲートの前だった。きょろきょろと見渡すと、Aの標識が見えた。封筒をしまって、優彩はリュックのベルトをぎゅっと握る。

世の中、そんなにいい話はないのだ。たとえ誰かが待っていたとしても、騙(だま)されている可能性だって高い。期待しちゃいけない。自分の身に、そんなに幸運なことが起こるわけがない。慎重にならなければ——。

しかし心の防衛線を張るよりも先に、胸がとくんと打った。

あの人かもしれない。Aゲートの前に立っている、一人の女性。

優彩よりもいくぶん背が高く、小さなプラカードを掲げている。〈梅村(うめむら)トラベル　桜野優彩様〉と書かれていた。こちらの視線に気がつくと、まるでマナー研修でやるような礼儀正しさで、三十度ほどお辞儀(じぎ)をする。

優彩はきつく瞬(まばた)きをしてから、一歩ずつ、近づいていった。

「桜野様でしょうか？」

はい、と優彩は肯く。

「このたびは、弊社からの招待を承諾してくださり、ありがとうございます」

顔を上げると、女性は口角を上げた。正面から向き合ってみると、顔のパーツはそれぞれ小ぶりだがバランスがよく、きちんとメイクをした透明感のある人だった。頬骨の辺りに散ったそばかすを見つめながら、年齢はわからないが、少なくとも自分よりは年上だろうと思った。

「こちらこそ、よろしくお願いします。あ、これ、一応持ってきたんですが……」

優彩は封筒を手渡そうとするが、女性からそれを制止された。

「お送りした案内状でしたら、わざわざ見せていただく必要はありません」

女性は代わりに、ジャケットの胸ポケットから名刺入れを出す。ジャケットこそ羽織ってはいるものの、その下はボーダー模様のTシャツで、足元は履きなれた感じのアディダスの白いスニーカーだった。

優彩はいつもの癖で、自分も鞄から名刺入れを出そうとして、はたと思う。

今、私には名刺がないんだった——。名刺というより、社会人としての肩書がない。

無職だから。

優彩のためらいをよそに、淡々とした態度で女性は名刺を差し出す。

「桜野様とは、事前にお電話やメールでやりとりをさせていただいておりましたが、改めまして、私は志比桐子と申します。これから一泊二日で、桜野様をアートの旅へとお連れいたします」

アートの旅——それは、今手に持っている封筒に書かれた文言と同じだった。受けとった名刺には、「ツアーアテンダント」という肩書がついている。またお辞儀をされて、優彩もつられる。

彼女が見せた屈託のない笑顔に、まぶしい、と優彩は思った。決して顔が整っているとかモデルみたいとか、そういうことではない。内側から光っているような雰囲気をまとっているからだ。いったいこの光が、彼女のどこから発せられているのか、優彩にはまだわからなかった。

シートベルトを締めると、肩の荷が下りた気分だった。

思った以上に気を張っていたようだ。無理もない。飛行機というのはバスや電車とはわけが違うし、ここに来る前から、何度もインターネットで「飛行機　はじめて乗る」と検索していた。

機内は満席に近く、通路側の隣に座ったのは、六十代くらいの女性だった。

「お嬢さん、お一人？」

目が合ったタイミングで、話しかけられた。

「いえ、一人ではないんですが……」

「あら、お友だちと一緒なの？　席、替わりましょうか」

「いいんです。出発直前ですし」

搭乗手続きを済ませたあと、「では、到着ゲートでお待ちしております」と言って、桐子は何列かうしろの席に座った。どうやら事前に、こういう席の配置を予約してくれていたようだ。

桐子のさりげない気遣いには、正直助かる。

高松空港までの一時間半を、初対面の相手と隣の席に座りつづけるのは気が進まない。かといって、東京からではなく現地集合にされてしまうと、一人で搭乗手続きをやり遂げられる自信もなかった。

気になってふり返るが、桐子の席までは見えない。

「高松ははじめて？」

ふたたび話しかけられ、優彩は座り直す。

「はい。四国自体、行ったことがないんです」

旅行というものを、優彩は滅多にしたことがなかった。どれも冠婚葬祭など、やむにやまれず出かけただけで、それこそ旅そのものを目的とした自主的な一人旅というのは、まったく経験がない。興味がないからではなく、時間やお金の余裕がなかったからだ。修学旅行の積立金だけでも、親に申し訳ないと感じたくらいである。

旅をする人たちに、漠然と憧れることはあっても、自分も行動にうつす勇気や欲はなかった。実際、日常とは違う場所に身を置くことで、どんなすばらしいことがあって、どんな気持ちになるのかというのも、過去の経験がなさすぎて、よくわからない。

「じゃあ、楽しみね。人生、はじめては一度きりしかないからね」

たまたま隣に座っただけの、女性の何気ない一言は、心の琴線につんと触れた。

「はじめては一度きり……ですか」

「そうよ。どんなお金持ちでも、初体験を買うことはできない。時間はどうやっても巻き戻せないからね。だったら何事にも、今しかないっていう気持ちで向き合っていたいと私は思うわ。いくつになっても、はじめての経験はまだまだあるものね」

独り言のように呟きながら、女性は優彩の隣の、窓の方を見やった。

いつのまにか機体は動きだしていた。遠くの方にターミナルが見える。空が広い。徐行を止めたと思うと、エンジン音が大きくなって、機体はがたがたと揺れながら速度を増していった。ふわりと浮く感覚があって、思わず、優彩は肘置きを握りしめていた。

窓の外で光り輝く雲海に目をやりながら、ジョニ・ミッチェルの大好きな一曲のことを思い出した。彼女はその曲を、飛行機に乗っているときに思いついたらしい。たしかに歌詞は、機内からの光景にぴったりだった。

――これまで雲というのは、羽毛の渓谷のように美しく、夢のお城のように神聖なものだと感じていた。けれども今や私にとって、雲は雨や雪を降らせては、お日さまを遮る厄介な存在でしかない。

うろ憶えだが、そんな歌詞だった。

今の優彩も、こうして雲を上側と下側の両方から、ようやく見ている。

いつも下側にしかいないから、冷たい雨が降っている上空に、どんな世界が広がっているかなんて、考えたことさえなかった。これほどまばゆく美しく広い雲海が存在していたなんて。嬉しさと悔しさがないまぜになり、涙腺が熱くなる。こんな気持ちになるのは、いつぶりだろう。優彩はあわてて自分を戒め、深呼吸をした。

心が動くのは怖いこと。そんな意識が、いつもあるからだ。

半年前、優彩が高校卒業から七年間勤めた画材店が、店じまいした。

個人経営の画材店では、絵具や筆といった画材だけでなく、デザイン用品、日常使いの文房具などを豊富に取り揃える他、ときおりカルチャー教室や絵画コンクールなど、楽しいイベントも企画していた。

優彩自身、高校からよく通っていたので、卒業後に就職が決まったときは、奇跡が起こったと大喜びした。

入荷する商品を吟味するのも、お客さんの問い合わせに対応するのも楽しく、優彩は充実した日々を送っていた。店にある商品の多くは、自分でも使うようにしていたので、自信を持っておすすめできた。

いいお店だったのに——。

でもどこかで、そうなるような悪い予感はあった。経営が厳しくなった理由は、文具が昔より売れないことと、加えて、通販サイトに押されたことだった。就職した当初から、先行きの厳しい業界であるうえに、大手のチェーンではないので生き残りは難しい、と危惧されていた。

そもそも、好きなことを仕事にするなんて、うまくいかないに決まっている。画材店で働けていただけでも幸運だったのだ。世の中、夢を叶えられる人はごく一握り。みんな折り合いをつけて、生活のために働いている。とくに自分は実家が太いわけでもなく、高望みできる立場ではない。

ありがたいことに、優彩が失職すると知った友人から、何件か新しい仕事の誘いはあった。主には、飲食店やアパレル店での手伝いだった。自分はまわりに恵まれている、と改めて感謝できた。それなのに、どれも違う気がして、結局、自分には無理なんじゃないかと足踏みしてしまう。高望みしてはいけないとわかっているのに、どうしてもその仕事が本当に自分のやりたいことなのか、という迷いが消えないのだ。

自分の強みについて、また、自分の将来について、優彩は考えるほどに袋小路（ふくろこうじ）にはまる感覚をおぼえた。自暴自棄（じぼうじき）になって、ＳＮＳの匿名（とくめい）アカウントで愚痴（ぐち）ったり、公園でやけ酒をあおってみたりと、荒れた日々を送っていた。

そんな折、母と二人暮らしをしている自宅に、一通の封筒が届いた。

幼い頃からずっと住んでいるので、ＤＭの類いが嫌というほどに届く。ポストには毎日のようにチラシが投函（とうかん）されており、下手をすれば、見逃して、捨ててしまうところだった。気がついたのは、母から指摘されたからだ。

――旅行会社からなんて珍しい。あなた宛てよ。

最初のうち、優彩は取りあわなかった。

――旅行か……縁のない世界だねぇ。

――でも、これ、招待状って書いてあるわよ。

――もう。今はそんなお金、ないに決まってるでしょ。

笑って答えると、母は意外なことを言った。

――無料で行けるんじゃない？

――え？　まさか。

母は勝手に封筒を開けて、確認してくれた。

――うん、やっぱりそうよ。ご招待しますって。

優彩は訝しがりながらも手にとり、内容をくり返し読んだ。

上質な紙に印刷されていた、「あなただけのアートの旅にご案内します」という一行に、優彩は戸惑った。こんなにおいしいことが起こっていいのか。その分、悪いことが起こってしまわないか。

梅村トラベル、という社名には聞き憶えがなかったが、ネットで調べると、都内の小さな旅行会社だとわかった。一応ホームページはちゃんとしていたし、思い切って電話で問い合わせてみると、担当者の応対は丁寧だった。

なんでも、その会社では新しくアートの旅行を企画する予定で、実際に客を募る前にモニター調査を行なっているという。今回はそのモニター参加への誘いであり、終わってからサービスの感想や改善点についてのアンケートに答えるだけで、旅費のほとんどを会社に負担してもらえるのだとか。

電話口で説明を受けながら、優彩はキツネにつままれた気分になった。どうして見知らぬ旅行会社が、こちらの住所を知っているのか。そんなに都合のいい話が、自分の身に起こるのはなぜだろう。最初に抱いた不安は膨らんだ。

半信半疑ながら、担当者だという志比桐子と、メールのやりとりをはじめた。

希望する日時、移動手段、宿泊先、食事についての好みなど、細かい質問リストが送られてきた。やりとりのなかで、行先は瀬戸内海に浮かぶ直島（なおしま）という、以前から一度は行ってみたかった「現代アートの聖地」に決まった。

ガタン、という衝撃でわれに返る。

いつのまにか、機体は高度を下げ、薄い雲をくぐりはじめている。やがて青々とした瀬戸内海に、ぽつぽつと緑ゆたかな島々が浮かぶのが見えた。絵ハガキのような光景だった。今からあの島を旅するなんて、どんな出会いが待っているのだろう。現実の心配事は完全には消えないけれど、胸の高鳴りを抑えられなかった。

＊

高松空港で荷物を受けとって外に出ると、空は雲ひとつない晴天が広がっていた。時刻は午前十一時過ぎ。リムジンバスに乗りこむと、桐子は優彩に「よろしければ、窓側におかけください」と言って、二人並んで座った。

「この旅では、ご希望通り、公共交通機関をなるべく利用して参ります」

「ありがとうございます」

レンタカーという選択肢もあったようだが、優彩は歩くことが好きだし、さまざまな乗り物を試してみたかった。それに、道中ずっと車を運転してもらうのも、申し訳なくて遠慮してしまう。

　バスが発車してまもなく、桐子から声をかけられる。

「じつはここにもアート作品があるんです」

「えっ、空港に？」

「はい。窓の外をご覧ください」

　バスは空港バスターミナルの正面にある駐車場の脇を通って、ぐるりとロータリーになった道を走っていた。その中央にある芝生の空き地には、石が高く積みあげられている。工事中の石材にしては、きれいな半円型をえがいており、背後には、同じ石でなだらかな坂がつくられている。

「あれ、ですか」

「はい。イサム・ノグチの《タイム・アンド・スペース》という遺作です。香川県は、花崗岩のダイヤモンドと呼ばれる庵治石が採れます。彫刻家のイサム・ノグチはそれを素材として使用していました。この作品は古代のストーンサークルみたいに、角度によって異なった姿に見えるんですよ」

「本当だ」

　優彩が答えると、桐子は満足げに肯いた。

　小さく窓を開けると、初夏の気持ちのいい風が流れこんでくる。

前方から見ると、半円形に積みあがっていた石の山は、横からだと古墳のように円と三角形の二パーツに分けられた。なだらかな坂だと思っていた部分は、むしろピラミッドによく似ている。不思議な石のオブジェは、見る角度によって別の印象を与え、なにかの暗号でも秘めているようだった。

リムジンバスは交通量の多い国道を、海の方にまっすぐ走りはじめた。ふたたび高いビルが増えてきた頃、県庁の近くのバス停で、何人かが降りていった。

桐子は口をひらく。

「香川県庁舎東館は、丹下健三による名建築としても知られます。ここからはちょっと見えづらいかもしれませんが、重要文化財にも指定されていて、建築ファンから愛されているんですよ」

桐子は、県庁舎の画像を見せてくれた。

神社の鳥居の組み方をいくつも重ねたような、重層的なデザインの、どしりと構えたビルである。今風のガラスを用いた軽やかな高層ビルとは違い、コンクリートや伝統的意匠を多用しているので、やけに迫力があった。

「たくさん名所があるんですね」

感心していると、桐子は「じつは」とつづける。

「香川県庁舎をデザインした丹下健三って、じつは広島の平和記念公園の設計をした人でもあって。ちなみに、さっきのイサム・ノグチも、公園内の慰霊碑(いれいひ)の制作を依頼されていたんです」

「あ、原爆ドームの近くにあるんでしたっけ？　テレビで見たことあります、アーチ型の石碑ですよね」

「それです。あれって、もとはイサム・ノグチがデザインしていたんですが、アメリカ人であるという理由で却下されたという経緯があったんです。そこでノグチの友人でもあった丹下健三は、そのことを残念に思い、もともとのデザインを生かした石碑を建てたそうですね」

　優彩はさきほど目にしたイサム・ノグチの《タイム・アンド・スペース》について思いを馳(は)せる。時間と空間を超えて、ともに高松市にゆかりのある二人の友情が、日本国内にしっかりと残されているのだ。

　バスが発車したあと、大きな交差点で信号待ちをしているタイミングで、桐子はふたたび解説を加える。

「今、バスの窓から見える高松市立中央公園には、地元出身の菊池寛(きくちかん)の銅像があります。香川県って他にも、猪熊弦一郎(いのくまげんいちろう)をはじめ、多くの芸術家のゆかりの地でもあって。高松市内だけでも、見るべきアートってたくさんあるんです」

「なるほど」

メモひとつ見ずに解説していた桐子を、優彩は横目で眺める。

公共交通機関を利用しながらも、こうして高松市内のアートスポットをたっぷりと案内してもらえるとは。お金を払わなくても自由に鑑賞できるアートが、意外とたくさんあるという事実にも、優彩は驚いていた。

一人で来ていれば、石の彫刻作品や県庁舎など気にも留めなかっただろう。ましてやつくった人たちの人生や、街の歴史について教わったうえで見ると、他の風景も色調がはっきりして、ここにしかない特別なものに映る。

桐子のような人は、どういう人生を歩んできたのだろう。自分がうまくいっていないと、つい他人の芝生が青く見える。ずっと順風満帆な人なんていないとわかっていながら、羨ましいというか、憧れを感じる。

なんせアートに関わる仕事をしているのだ――。

「なにか？」

「いえ、なんでもないです」

慌てて誤魔化し、優彩は窓の外に視線を戻した。

高松駅は海岸の目の前にあり、フェリー乗り場までは徒歩五分ほどだった。

桐子は「フェリーの時間まで余裕があるので、昼食をとりましょう」と言って、港のはずれにある小さな商店街に案内してくれた。実のところ、優彩はサンドイッチを持参していたが、旅慣れていない証拠のようで恥ずかしくなり、隠しておいた。

水産物の卸売市場や飲食店など、小さいが活気のある商店街の一角に、「食堂」というのれんのかかった定食屋があった。店内は混みあっていたけれど、ちょうど二人席がひとつ空いている。

「いらっしゃい、そっちにどうぞ」

元気のいい男性店員に案内されて、優彩と桐子は向き合いテーブルについた。最近ほとんど外食をしていなかったので心躍る。この際、値段は気にせず好きなものを注文しよう。せっかく香川に来たのだから、と優彩はうどん定食を選んだ。

すぐにお盆にのって運ばれてきたのは、腰のありそうな太い麺に、つややかな卵ののったどんぶりに加えて、エビや白身魚の天ぷらの小鉢だった。優彩はいつにない空腹を感じ、うきうきした気分で手を合わせ、割りばしを割る。

これまで食べていたうどんはなんだったのだろう。そう唸らずにはいられない食べ応えのある麺だった。絡みつくだし汁と、絶妙に相性がいい。また、添えられた天ぷらに油っこさはなく、魚の新鮮さとうまみがうどんの素朴さをよく引き立てていた。

あっというまに完食した優彩に、桐子は目を細めて言う。

「直島には、岡山の方面からのフェリーも就航しているんですが、桜野さんの事前アンケートに、好きな食べ物は麺類だと書かれていたので、どうせなら香川県のうどんも味わっていただきたくて。この店はうどんも魚料理も絶品なので」

「そうだったんですね」

　こちらが気づいていないだけで、すべての旅程に、なんらかの意味があるのかも、と改めて感じ入る。

　同時に、ずっと気になっていたことを訊いてみたくなった。

「あの、アートの旅って、いまいちよくわかっていないんですが、私でも大丈夫でしょうか？　とくに今回のような現代アートとかって、雑誌や本で何度か触れたことがあっても、実物はほとんど見に行ったことがないんです」

　桐子は食後に給されたお茶を一口飲むと、背筋をぴんと伸ばして、こちらをじっと見返した。

「旅行って、人生を見つめ直す時間だと思うんです」

　急に言われても、優彩は戸惑う。

　これまで旅行をした経験が少ないので、そう言われてもピンと来ないからだ。

「えっと、そう……なんでしょうか」

「はい。どうか難しく捉えないでください。現代アートにしても、高尚そうだとか意識が高そうだとか、敬遠されがちですけど、本当はもっと気楽に、これまでの人生について、生きることについて、ふと立ち止まって考えるためのきっかけに過ぎないと、私は思うんです。だから旅行とも、きっと相性がいいんじゃないかって」

はぁ、と優彩は生返事をしてしまう。

桐子は肩をすくめて、「すみません、急に真面目な話をしてしまって」と、黒髪を結いあげたうなじをさわったあと、にっこりとほほ笑んだ。

「難しいことは抜きにしましょう。桜野さん、招待状が届いたとき、戸惑いや疑問もあったかもしれませんが、正直ラッキーって思いませんでした？」

「へっ？　まぁ、たしかに」

気さくな問いかけに、思わず本音がもれる。

「それならば、余計な心配はせず、楽しんでいただければ、いいんです」

とつぜん昔からよく知る友人のような砕けた口調になったので、優彩は面食らう。それでも、ツアーアテンダントと客という距離感を保っていた桐子が、打ち解けた態度を垣間(かいま)見せてくれたことに、嬉しいと感じている自分もいた。

――はじめては一度きり。

機内で隣に座った女性からもらった一言が、ふと胸にこだました。

*

チケット売り場で直島行フェリーのチケット二枚を買ったあと、乗船口に向かうとすでに行列ができていた。大きなキャリーケースを引く観光客だけではなく、地元に暮らしていそうな親子連れや高齢者もいる。

最後尾につきながら、通学や通勤にフェリーを使っている人も多いのだ、と桐子は言った。

うっすらと雲のかかりはじめた青空の下では、白いカモメが元気よく飛び交っている。海は空と同じくらい青く澄(す)んでいて、船着き場のぎりぎりに立ってのぞきこむと、小さな魚が泳いでいた。

やがて白地に赤い水玉のあしらわれた、日の丸っぽいデザインの船が汽笛(きてき)を鳴らしながら波止場(はとば)につけた。手際よく乗船の準備がなされ、客が続々と乗りこんでいく。船のお尻の方からは、乗用車もゆっくりと一台ずつ誘導されていた。

五百人を収容できるという客室は、古い病院の待合室を思わせるようなレトロな雰囲気だった。前方にはテレビがあり、茶色の二人掛けシートが並んでいる他、広々としたソファがテーブルを囲むエリアもある。

高松港でも作品をいくつか発見したせいか、なにを見ても、これもアートかしら、と疑ってしまう。デザインなのか偶然か、水玉をあちこちで発見し、甲板(かんぱん)に出ると、それらしき立体物もあった。

といっても、桐子はそれらすべてを解説するわけではなかった。

「あれもアートですか」

優彩が遠慮がちに指をさしても、「さぁ、どうなんでしょうか」と首を傾げて、知ったかぶりをするでもなく、自らその立体物をしげしげと眺め、「わからないです、ごめんなさい」と明るく笑う。

そんな桐子の隣にいると、肩ひじ張らずに素直な目で作品に向き合えた。いや、作品だけではない。旅先で出会うさまざまな風景や事物に対しても同じだった。青空の下に緑にかがやく瀬戸内海の島々に見惚れていると、風の冷たさも、東京で待っている日常のつらさも忘れそうになる。

甲板では、記念撮影する人もいた。カモメはひとなつこく、すぐ近くまで寄ってくる。優彩もスマホを出して、カメラのアプリを開く。しかしカモメは、シャッターを押す前に飛び去ってしまう。

「あ、待って！」

すると、まるで言葉が通じたかのように、カモメがふわりと手すりにとまった。最高の一枚が撮れた。

「すごい、見てくださいっ」

興奮のあまり、優彩は桐子にスマホを差しだす。桐子の方も、まるで友だちに接するように、同じ調子で応じてくれた。

「本当だ！ というか、写真を撮るのが上手いですね、桜野さんって」

「いえいえ、そんな」

お世辞とわかっていながらも嬉しくなった。が、急に馴れ馴れしくしてしまった自分に、はたと気がつく。

「ていうか、すみません……ついテンションが上がってしまって」

スマホをこちらに返してから、桐子は真面目な顔で言う。

「謝らないでください。さっきの話にも通じるんですが、旅って、日常から離れて素直に盛りあがれるときだと思うんです。想像もしなかった興味深いことにも出会える。だから今回の旅では、そういうユリイカな瞬間こそ、味わっていただきたいです」

「ユリイカって？」

「ギリシャ語で『わかった』っていう意味の、閃いた瞬間を指す言葉だそうです。そういう閃きと出会うために、旅に出る人って多いんじゃないかと思います。桜野さんにも、ユリイカを少しでも体験していただきたいです」

そのとき、泣き声が聞こえてきた。

ふり返ると、母親に連れられた三、四歳くらいの男の子が、大きな口を開けて、思い切り泣き叫んでいた。甲板に出てきたときは、「カモメさんだー」と楽しそうにはしゃいでいた姿を見かけたのに、今は母親の手をふりほどき、暴れだしそうな勢いで、全身で悲しみを表現している。

どんな理由で泣いているのかはわからないが、彼のなかで気に食わないことがあったのだろうか。あんな風に感情をむき出しにできることに、優彩は見惚れてしまう。怒りや悲しみをあれほど強烈に感じたのは、いつが最後だろう。ここ最近、心が動くことを恐れ、自分にとって感情は抑えるものだった。

つい無遠慮に見つめてしまったようで、母親から申し訳なさそうに頭を下げられた。

「うるさくて、ご迷惑をおかけします……」

「いえいえ、お気になさらないで。大丈夫ですか？」

「なんでもないんです。ただ、甲板を走りまわるのは危険だって注意したら、癇癪を起こしてしまって」

困りきった様子の母親に同情した様子で、桐子は男の子に話しかける。

「ほら、カモメさんがいるよ」

「やだ！　怖いもん」

「えー、可愛いのに」

男の子とやりとりをしている桐子を見ていて、優彩にある考えが閃いた。弁当として持参していた手作りのサンドイッチを出し、パンの耳をちぎる。そして手すりから身を乗りだして、カモメの群れに向かって差しだす。

「じつはお昼に持って来ていたんです」

「えっ、そうだったんですか、すみません！」と桐子は手で口元を覆う。

すると一羽のカモメが、素早く飛んできて、さっと耳をくわえていった。遠くで飛んでいる姿からはわからなかったが、くりっと丸い小さな目が可愛く、黄色いクチバシは小ぶりで鋭くはなかった。灰色がかった羽は軽やかで触ってみたくなる。

男の子の方を見ると、目を丸くしている。

「やってみる？」

優彩はパンの耳をもう少しちぎって、男の子の方に差しだす。彼から「いい？」と問われると、母親は折れるように、こちらに向かって「ありがとうございます」と頭を下げた。許可をもらった男の子は、笑顔でパンの耳を受けとった。

へっぴり腰ではありながら、無事に餌（えさ）やりに成功し、みんなで歓声を上げていると、背後から「おいっ」という声が飛んできた。ふり返ると、明らかに地元の人らしきおじいさんが近づいてくる。

勝手にカモメに餌をやって怒られるかもしれない。

身構えていると、おじいさんは男の子にくしゃりと笑いかけた。

「これ、やってみ」

船内の売店にも並んでいたカモメ用のかっぱえびせんだった。訊けば、おじいさんは直島に暮らす地元民であり、昔よく休みの日に孫とカモメに餌やりをしに来ていたという。なつかしくなって、声をかけたのだと話してくれた。

夢中で餌やりをする男の子の隣で、無邪気にえびせんをカモメに差しだす桐子と目が合って、お互いに笑顔になる。桐子の笑みは、今朝羽田空港で会ってから目撃した、どの表情よりも、やわらかかった。

そのとき、優彩はこの、やわらかい笑顔と以前にも会ったことがあるような、うっすらとした既視感にとらわれた。

フェリーが島の西側に位置する宮浦港（みやうらこう）に到着したのは、十五時過ぎだった。地上に降り立ってからも、地面が揺れているような感覚があった。どうやら船上では、体内の水分までゆさゆさと揺すられていたようだ。

フェリーのデザインの原案でもある、草間彌生（くさまやよい）の赤い「かぼちゃ」に出迎えられ、ついに直島に上陸したのだ、と優彩の胸は高鳴る。

港に停車していた、同じく水玉模様のあしらわれた路線バスで、これから島内をぐるりと回って、宿泊先や美術館のあるエリアに向かうという。

「今日はもう遅いので、島内に点在するアートスポットは、明日巡ります」

「わかりました。じゃあ、これからホテルに？」

「いえ、ホテル周辺の美術館はまだ開館しているので、そこに行きませんか？　それにホテルそのものも、ベネッセハウスといって美術館になっていますから、まだまだアートを見る時間はあります」

　本当に「アートの聖地」と言うにふさわしい島だ、と優彩は感じ入る。

　定員二十名程度の小型バスは、半分くらい席が埋まっていた。さっきの母子は岡山の方まで乗るというのでフェリーで別れた。えびせんをくれた地元のおじいさんは、宮浦港に停めてあった軽トラで去っていった。

　日が傾き、徐々に空が染まるなか、緑豊かな山に囲まれた、アップダウンの激しい細い道を、曲がりくねりながらバスは進んだ。時折ひらけた丘に出て、ぱっと海が姿を現すこともあった。

「直島って、どのくらいの人が住んでるんです？」

「人口は三千人ほどだそうですね。島の面積は渋谷区よりも小さくて、小学校と中学校がひとつずつ、コンビニも一軒しかない、かつては過疎化の進む島でした」

　なんでも、九〇年代からアートプロジェクトがはじまり、美術館がつくられた。島内だけでも、地中（ちちゅう）美術館、李禹煥（リ・ウファン）美術館、ＡＮＤＯ　ＭＵＳＥＵＭ、宿泊先でもあるベネッセハウス・ミュージアムなど、質量ともに類を見ない美術館がいくつもあるという。

また、埠頭にあった草間彌生の「かぼちゃ」を筆頭に、浜辺や桟橋、小高い丘から町の中心まで、さまざまなパブリック・アートが点在する。ホテルの部屋やロビーにも作品が展示されているため、目が覚めてから眠りに落ちるまで、心ゆくまでアートと対話することができる、まさに「聖地」なのだった。

この小型バスの車内でも、海外から来たらしい観光客と乗り合わせており、外国語が飛び交っている。美術愛好家なら、どんなに遠くからでも一度ならず訪れたい、ここでしかできない体験をさせてくれる稀有な島なのだ、と桐子は語った。

「ところで、ランチの件、ちゃんとご説明していなくて申し訳ありませんでした」

「いえいえ、全然。いつもの癖で。でも結果的に持ってきてよかったです」

それから、二人はお互いのことを話した。

桐子は優彩よりも四歳年上で、出身は関東の方だという。美術系の大学を卒業し、画廊に勤めていたけれど、わけあって、今は梅村トラベルで働いている。アートの旅を企画することになったのは、ごく最近らしい。

「でも、ずっとアートを専門になさってきたんですね」

「そうなります」

「すごいな、羨ましい」

「そうですか？」

「はい。アートって、私には手が届かない憧れだから」

優彩は小学生のときに、近所の造形教室に通っていたくらい、物心つく頃から絵を描くことが趣味で、見ることも同じくらい好きだった。画材店で働きはじめたのも、アートの世界の気配を感じていたいからだった。

しばらく優彩を見つめていた桐子が、明るい口調で訊ねる。

「さっき、ユリイカの話をしたの、憶えてます?」

「もちろん。『わかった』っていう意味のギリシャ語でしたっけ」

桐子は肯いた。

「アート鑑賞って、基本的に誰にとっても、ユリイカの連続だと思うんです。エンタメみたいにわかりやすく楽しめたり泣けたりするわけじゃないけど、心や感情を知的に揺さぶられて、すっと腑に落ちる瞬間がある。アート作品を買うお金がなくても、それはどんな国の、どんな立場の人にも開かれている。専門的に勉強していなくても、その人が興味を持っている限り」

「なるほど」と、少し考えてから優彩は言う。「じゃあ、この旅は、ユリイカを探す旅ってことですね」

「そうかもしれません」

「ユリイカ、私も探してみたいです」

勇気を出して決意すると、桐子は嬉しそうに笑った。

＊

乗り換えのために下車すると、空も海もピンク色に染まっていた。まぶしさを弱めた丸い太陽が、西の稜線(りょうせん)に近づいていく。優彩は、内海(うちうみ)のおだやかな波の音に包まれながら、潮の香りを胸いっぱいに吸いこんだ。

まもなく現れたシャトルバスに乗りこみ、終点にある地中美術館に向かう。

コンクリートの細い通路を進んでいくと、モネの《睡蓮(すいれん)》を思わせる、水辺に植物が茂った庭に出た。

予約制の美術館なので、落ち着いて空間を独り占めできるのだと桐子は説明した。たしかに優彩たちの他に人を見かけない。手続きを終えて、コンクリートの壁にはさまれた長い廊下を歩いていく。

廊下はほとんど無音で、なんの匂いもしなかった。こんなにもミニマルでそぎ落とされた場所にいると、ただ歩くだけの行為でも、自分の呼吸や足音が際立って、なにかの儀式の一環のように、特別なものに思えてくる。

やがて廊下から、四角い中庭に出た。自然光にぼんやりと照らされる緑の芝生を、同じくコンクリートの階段が囲んでいる。下りていくと、さらに長い廊下がつづいた。S

F映画の一場面に迷い込んだような気分だった。

　最初に入った展示室は、階段状になった神殿のような広間だった。

　まず目に入ってきたのは、少し先の踊り場に鎮座(ちんざ)する、直径二メートルはありそうな黒い球体である。その球体の背後には、金色の細長い長方形がいくつか並んでおり、球体を神として崇(あが)めるための祭壇にも思えた。

「これは……なんとも言えないですね」

　戸惑いを悟(さと)ったのか、桐子は隣に歩み寄って言う。

「あの球、なんだと思います？」

「なんでしょう。ブラックホールとか？」

「いろいろ連想しますよね。花崗岩を磨いてつくったらしいです」

「岩なんですか？　あんなに大きいと何トンあるんだろう。落ちてきたら大変ですね」

　ゴロゴロと転がってくるところを想像し、優彩は一歩後ずさってしまう。大地の一部からくり貫(ぬ)かれた岩だと知って見ると、地球そのものを模したようにも感じる。地下奥深くで磁力を放つ核のようでもあった。

「アート作品って、つくった人の他の作品や思想について知らないと、わからないことが多々あるんですよね。一人の人間を知ろうとしても、その人の短い台詞(せりふ)だけでは、なにも見えてこないのと同じです。たくさん行動をともにして会話を重ねて、やっと人となりがわかるんです」

「なるほど」と、優彩は唸った。

「これをつくったのはウォルター・デ・マリアというアメリカ人なのですが、建物の内側に自然を持ちこんだり、野外に作品を持ちだしたりしてきたんです。自然と人工物、自然と人間、そういう関わりを模索するような作品が多いんですね。この作品は、晩年近くに、この美術館のためにつくられました。自然との共存をテーマに設計された地中美術館は、緑ゆたかな島の景観を損ねないように、館全体が地下に埋められているんですが、それでも、自然光がうまく入り込むように、巧みにつくられているんです」

「だから地中美術館なんですね。はじめは地中海とか、そういう言葉を連想していました」

　同時に、この静けさは地下にいるからなのか、とも腑に落ちる。

「彫刻って、その作品の〝なかに〟いるような感覚をもたらしてくれるって、私は思うんですよね」

「なかに？」

「はい。そこが絵画とは違う点というか。たとえば、この展示室の作者ウォルター・デ・マリアは、アメリカの荒野に《ライトニング・フィールド》という作品もつくっています。私も一度、わざわざ見にいったことがあるんですが、まさに作品の〝なかに〟

いるような体験でした」

　桐子は言ったあと、腕組みをして顔をしかめた。

「いえ、作品というより、あれはなんていうんでしょうね……空間とも違っていて、単なる〝場所〟というのに近いものでした。すごくミステリアスな作品でもあって。まず、ニューメキシコ州にあるという以外、それがどこにあるのか公にされていないんです」

「じゃあ、どうやって見にいくんです？」

「その作品に連れていってもらうための集合場所だけが知らされます。行ってみると、片田舎の通りにぽつんとホテルのロビーのような小屋がありました。そこにスタッフの男性が現れて、私と同じく鑑賞しにきたイギリス人の夫婦と一緒に、SUVの車でひたすら獣道を走りました」

　ちょっとしたミステリーを読むかのように、桐子の話に引きこまれる。

「一時間ほどかかって到着したのは、見渡す限り人工物がなにもない、草が生えているだけのだだっ広い湿地帯でした。ただ一軒だけ、見学者の宿泊用に小さな小屋がありました。それ以外はなにもなかった」

　優彩はとつぜん、アメリカの荒野に放りだされた心地がした。

「鑑賞者はその小屋に、必ず一泊して、そこから雷を待つんです」

「雷を？」

意外なキーワードに、優彩はオウム返ししてしまった。

「はい。雷を待つっていう体験自体が、作品になっているんです。じつはその一帯って、雷がよく落ちるエリアらしいんですね。ウォルター・デ・マリアはその一帯に直径五センチ、高さ五メートル前後の避雷針(ひらいしん)を、計四百本、等間隔のグリッド状に設置しました。ちょうど先端が水平になるように、荒野の起伏に合わせて高さを変えて」

「その光景は、圧巻そうですね」

「本当に。夕方になるにつれて、空を反射する金属の棒は、色を変えていくんです。太陽が沈むと、大地が金色にかがやき、やがて棒は見えなくなっていく。ネットも電話も店もない自然のなかで、私はただただその光景を眺めながら、自分の呼吸を感じ、鼓動を聞いていました」

桐子が一息つくと、静けさがいっそう深まったように感じた。

「それで、見られたんですか、雷？」

「少しだけですが、遠くの方で。でも印象的だったのは、その夜の闇(やみ)の深さですね。一メートル先さえも見えない、本物の闇というのは、こんなにも濃くて底知れないものか、と。なんていうんでしょう……魂を無防備な状態で差しだされる感じでした」

桐子はこちらに向き直り、ほほ笑んだ。

「すみません、話が長くなりましたね。それで、なにが言いたいかっていうと、その場に行かないとわからない作品もあるということです。たとえば、写真で見せられても、その《ライトニング・フィールド》のすごさはなにも伝わらない。実際にそこに行って、ゆっくりと身を置いて、変化する光を体験しなければいけない。だから一泊するというルールになっているんでしょうね。作品のなかに入り込んで、一体化するために。直島のアートも、同じだと思います」

つぎのジェームズ・タレルの《オープン・フィールド》という空間では、先に靴をぬいで、スリッパに履き替えるというルールが定められていた。幸いにして他に人はおらず、待ち時間もなく、スタッフの簡単な説明を受けたあと、桐子から「では」と切り出される。

「この先は、一人で鑑賞してきてください」

「えっ、一人で？」

「私は前にも来たことがあるので、ここで待っています」

桐子と別れて、優彩はなかに入った。

映画館のような薄暗い空間だった。ただし座席はなく、前方のスクリーンにうつっているのは、ただの均一な青い色面である。それ以外のものは、すべて真っ赤に染まっている。それは両側の壁が、赤い光を反射しているせいだった。まるで絵具のなかを泳いでいるようで、手も服もなにもかもが赤い。

不思議な心地になりながら、優彩は一人きりで、一歩ずつ踏みだしていく。作品のなかにいると頭ではわかっていながら、五感を試されるような空間では、ただ歩くだけでも勇気が必要だった。

ゆるやかな階段を一歩ずつのぼっていくと、最上段の先に掲げられた、青いスクリーンが一歩ずつ近づいてくる。行き止まりかと思って立ち止まった優彩に、背後からスタッフが声をかける。

「なかに入ってください」

「え？　なかって？」

「その先です」

半信半疑のまま、ゆっくりと右手を伸ばすと、スクリーンだと思っていた壁面は、じつは壁ではなく、その先の世界へとつづく穴であることがわかった。入り口だったのだ。薄いヴェールひとつなく、別の空間がそのままつながっていた。

向こう側に一歩、足を踏み入れる。

その瞬間、目に映るすべてが一変した。

「ここは……」

すべてが赤から、青になっていた。

見渡す限り、ぼんやりと青白いので、どこまで空間が広がっているのかもわからない。無限のようで、まったくの平面にも感じる。優彩は自分の影さえもなく、無のなかに浮遊しているようだった。

死後の世界って、こんなのかもしれない――。

急に、とてつもない心細さが襲ってくる。人は誰だっていつかは死ぬし、その瞬間は一人きりだ。死は個人的な体験であり、物や人をあの世に連れていくこともできない。日々忙しない生活のなかで忘れていたが、そんな当たり前で逃れられない事実を、目の前に突きつけられる。

なぜだか涙がこぼれそうになり、優彩は深呼吸をした。私はいったい、こんなところでなにをしているのだろう。そうだ、アートの旅にやってきたのだ。その前は、ずっとうまくいかないことがつづいていた。

しかしこの遠く離れた小さな島の美術館で、全身を青い光に包まれた今、都会のなかでこねくり回していた悩みなど、じつに矮小でどうでもいいことに思えた。そして不思議と、自分は生きているんだということを、強く実感していた。

「いかがでしたか？」

展示室を出て、声をかけられたとき、それまで桐子のことさえ意識の外に追いやられていたことに気がつく。

「……なんともいえない作品でした。私なんかには、ちょっと言葉で説明のしようがないというか」

桐子はほほ笑んで、「よかった」と肯いた。

「タレルの作品でも〝なかに〟入る感覚を、味わっていただけたようですね。タレルは光そのものを素材にした空間芸術で知られる人ですが、じつは私も、この展示室にはじめて入ったとき、すごく驚きました。これまでの人生をふり返ったというか、丸裸にされる感覚を抱いたので」

　桐子の言うことが本当なら、アート作品は自分をうつす鏡なのかもしれない。わかりにくく、どう受け止めればいいのか戸惑う分、答えは何千通りもある。だから、自分のなかに答えを探すしかなくなるのだろう。


　最後に訪れた展示室では、高さ二メートル、幅六メートルにもなるモネの《睡蓮》の本物が展示されていた。地中にもかかわらず、仄暗い自然光に包まれ、床には、大理石でできた数センチの小さなタイルが、びっしりと敷き詰められている。

　ベンチに腰を下ろして、優彩は《睡蓮》を眺めた。完全に日は沈んだのだろう、徐々に見えなくなっていく《睡蓮》は、包みこまれる大きさも相まって、本物の庭の池を見ているようなリアリティがあった。

なんと贅沢な時間だろう。

それなのに優彩は、なぜか職場だった画材店での記憶を反芻せずにいられない。画材店でも、ルノワールやピサロといった印象派の複製画を販売していたからだろうか。旅先では忘れたいのに、とりとめもなく浮かんできた。

――うちで扱う商品の多くは、たしかに生活必需品ではありません。しかし人生を豊かにする、なくてはならない大事なものです。

入社してすぐに、そう教えてくれた店長は、五十代後半のベテランで、信念を持って文具を売っていた。けれど、画材店が潰れることになって、まだ小学生の子どもが二人いるのに再就職できるかわからないと、白髪も増えてやつれてしまった。あなたと働けて多くを学んだと、もっと伝えればよかった。

――このお店、なくなっちゃうの？

画材店に週に二、三回通っていた、近くに住んでいる女の子の、悲しそうな顔も浮かんでくる。エミちゃんという名前で、店が主催するイベントに参加して以来、買い物よりも優彩とのおしゃべりを目的に来店してくれた。店で買った画材で描いたという絵を、よく見せてくれたものだ。他に画材店のない地域だが、ネットや遠方の店を利用して、今も描きつづけているだろうか。

前職で出会った人たちが頭をよぎるたび、胸がしめつけられる。

好きなことを仕事にするのは諦め(あきら)よう、高望みしてはいけない、と考えるようになったのは、そうした人たちをがっかりさせたような気がするからだ。夢を抱いてしまったら、自分も含めた大勢が不幸になってしまう。そんな意識が、いつの間にか植えつけられてしまった。

でも本当は、そうじゃなかったのかもしれない。自分の可能性を削っていたのは、他でもない自分自身だった。さっきタレルの光のなかで、青い空間へと一歩踏みだせたように、壁だと思い込んでいた境は、じつは、つぎの世界への入り口かもしれないのだ。

勝手に涙があふれ、桐子が遠慮がちにハンカチを差し出していた。

「大丈夫ですか？」

「すみません、私ってばつい、いろいろと考えちゃって」

普段なら受け取らなかっただろうハンカチは、柔軟剤などの香りもない無地のやわらかいガーゼで、そのさりげなさに優彩は救われた。

シャトルバスの時間に合わせて地中美術館を出て、ベネッセハウスのホテルの前で桐子と別れた。

予約されていた部屋にもまた作品があったが、一人になると急に身体が重くなった優彩は、ひとまずソファに深く腰を下ろした。深呼吸をしてまぶたを閉じるが、休もうとしても頭が冴えて、すぐに立ち上がる。

ベランダに出ると、目の前に夜の瀬戸内海が広がっていた。

ビーチ沿いには別の建物の光が、ぽつぽつと海面に反射している。

ずいぶんと遠いところまで来たものだ。こんな華やかな光景を、自分の目で見られるとは、まだ信じられない気分だった。これまで出会ったさまざまな作品が脳裏をよぎり、胸がいっぱいになる。

ふり返ると、壁に掛けられたモノクロの版画作品が目に入る。タレルが描いたスケッチらしく、一晩ともに眠れる贅沢さを実感した。

「よしっ、ホテル内も散策してみようっと」

自分を鼓舞するように、声に出して言う。

ホテル自体が、宿泊者しか入館できない夜のミュージアムになっているという。どんな作品が待っているのだろう、と優彩はわくわくした。同時に、ここまで連れてきてくれた桐子に感謝する。

大丈夫。私の人生だって、そう悪くないはずだ。胸をはって生きていこう。

潮騒に包まれていると、疲れだけでなく、心に膜を張っていた不安が消えていった。

今日この島に来てよかった。一分一秒を心から楽しもう。生まれ変わった気分で、優彩は部屋を出て、ホテル内のアートを見て回った。

＊

赤い「かぼちゃ」をシンボルにした宮浦港が、少しずつ遠ざかっていく。フェリーがゆったりと横切る海は、水平線もわからないくらい白くぼやけていた。昨晩遅くに雨が降り、今日は肌寒かった。雨の瀬戸内も見られて幸運だった、と頭の片隅で思う。

「あっという間の一泊二日でしたね」

桐子の呟きに、優彩はぼんやりと肯く。

「本当に、名残惜しいです」

今朝は、東京に帰らなければならない寂しさから、目を逸らそうとずっと必死だった。早めにチェックアウトをして、その他の美術館や、島内に点在している古民家を改修、作品化した「家プロジェクト」を散策した。本当なら、豊島や小豆島など、近隣のアートも巡りたかったけれど、残念ながらタイムリミットが来てしまった。

フェリーの客席に入って、二人掛けの席に並んで腰を下ろす。

空腹を感じていると、桐子が紙袋を差しだした。

「これ、よかったら、食べませんか？」

入っていたのは、ラップに包まれた海苔付きの大きいおにぎりだった。

「えっ、いいんですか」

「私が泊まった民宿の方に、お願いしてつくってもらったんです。午前中はめいっぱいアートを見学するだろうから、あると便利かなと思って」

「ありがとうございます、なにからなにまで」

頭を下げると、「とんでもない。これが仕事ですから」と桐子はほほ笑んだ。

その笑顔を見つめながら、はじめて桐子に空港で会ったときに、まぶしい、という印象を抱いたことが頭をよぎった。

「すごくいい企画ですね、アートの旅って」

「本当ですか？」

桐子はぱっと表情を明るくした。

「もともと桐子さんが企画したんですか？」

一泊二日であちこちを巡るうちに、「志比さん」ではなく下の名で、彼女を呼ぶようになっていた。

「はい。アートの旅を企画したくて、今の旅行代理店に転職しました。長いあいだやりたかったことだったから、そう言ってもらえて本当に嬉しいです。もし改善できそうな点があれば、率直に教えてください」

ああ、なるほど――。

優彩はやっと腑に落ちた。桐子という女性から発せられる光は、決して育ちのよさとか外見とか、そういった要素のせいではなく、もっと彼女を作りだす根本的なもの、いわば自己肯定感のようなものに由来するのかもしれない。自信という簡単なものではなく、彼女自身を支える芯から発せられる光に、優彩は反応してしまったのだ。最近の自分にもっとも欠けていたものだから。

そういう光を、自分も手に入れることができるだろうか。

「改善点なんて、とくに思い浮かばないです。むしろ、楽しすぎるくらいでした。今まで言えなかったんですが、私、無職なんです。東京に帰ったら、求職活動が待ってます。気が重いけど、この企画のおかげで頑張れそうです。ありがとうございました」

つい弱音を漏らしてしまったが、桐子は驚く素振りも見せず、「そうでしたか」とだけ相槌を打った。

「すみません、今の話は弱音を吐いたわけじゃないんです。私、昨日モネの《睡蓮》の前で強くなるって誓ったんです。自分で自分に呪いをかけたり、暗い方向に進んでいくのは、もうやめることにします」

空気が深刻にならないように、優彩はほほ笑んだ。

「桜野さんは、もう強いと思います」

「そうですか？」

「港やフェリーでいろいろと話をしたときも思ったんですけど、現実をちゃんと見ている人だから。私は桜野さんの近況をよく知らないけれど、全部が桜野さんの肥やしというか、強さにつながっているんだろうなって、接しているだけで自然と伝わりますよ」

　優彩は思わず、涙腺が熱くなった。

「ありがとうございます。あ、これ、美味しそうですね」

　誤魔化すようにラップをほどいて、おにぎりを一口頬張る。なかに鮭（さけ）が入っていて、海苔の風味とよく合っていた。瀬戸内海でつくられた海苔かもしれない。そういえば、今朝ホテルでとった朝食も、地元の特産品がたくさん含まれていた。

　二人はしばらく、おにぎりを食べながら曇り空の海を眺めた。やがて西の空が明るくなったかと思うと、分厚い雲の切れ間から光線が幾筋か降りてきた。とたんに小さな島の点在する海面と、そのうえに漂う靄（もや）が、まばゆく反射しはじめる。じつに幻想的だった。なるほど、瀬戸内の風景そのものが美術館なのかもしれない。

「本当に、きれいですね」

　優彩が呟くと、桐子は島々を眺めながら、深く肯いて答える。

「自然豊かで美しいですよね。でも直島にしても、瀬戸内海の島々って、じつは観光地化されていない裏側の地域では、亜硫酸（ありゅうさん）ガスを出す製錬所（せいれんじょ）が建てられたり、産業廃棄物の不法投棄が行なわれたり、悲しい歴史があるんです」

「あ……それ、私も聞きました」

優彩が遠慮がちに答えると、桐子は目を見開いた。

「そうなんですか？」

「はい、『家プロジェクト』のひとつで、ボランティアで受付をしていた方と、少しお話をして」

島には、人と人のつながりを大切にする地域の原風景や、豊かな自然が残っているように感じられるが、じつはそういった負の遺産を背負わせられた過去があり、決して明るい部分だけではないのだ、とそのボランティアのおばあさんから教わった。

「そういう影の部分も含めて、今回の旅では、よりよく生きるってなんだろうって、すごく考えさせられました。便利さや豊かさばかり追い求めるんじゃなくて、もっと地に足のついた社会って、どんなのだろうって」

桐子は何秒かこちらを真顔で見つめたあと、おにぎりをいったん紙袋に戻し、居住まいを正してから切りだす。

「あの、桜野さん。私と一緒に働きませんか？」

おにぎりを口に運ぼうとした手が、落としそうになる。

「え、旅の仕事ってことですか」

「はい。桜野さんって、ツアーアテンダントに向いていると思います。ボランティアの方とそんな深いことを語らったっていう今の話にせよ、往路のフェリーで出会った男の子とのやりとりにせよ、初対面の相手とすぐコミュニケーションがとれるって、ひとつの才能ですよ。なによりアートに興味があるのが伝わって、一緒に話しているとこちらの視野も広がります」

一瞬、なにを言っているのかわからなかった。

「いやいやいや！　私なんて！」

急すぎる提案に、優彩はどう反応していいのかわからない。

優彩の戸惑いを打ち消すように、桐子は真剣な面持ち（おもも）ちでつづける。

「うちの会社は、社員数も少ない小規模な会社ですが、アートの旅を企画するに当たって、手伝ってもらえる人を探していたところなんです。桜野さんさえよければ、私から社長に推薦（すいせん）してみます」

嬉しい反面、優彩は疑問を抱く。自分は旅行をした経験が乏（とぼ）しいうえに、地理やアートの知識に自信もない。好きでよく調べる程度だ。そのことを伝えると、桐子はそんなものは毎回事前に調べておけば十分だ、と答えた。

「でも――」

口癖のように自己否定的な言葉を並べかけるが、誰も得しないと気がつく。できない理由なら、百個でも千個でも言える。

桐子はそんな心境を見透かしているようだった。

「大切なのは、桜野さんがやりたいかどうか、です。できるかどうかなんて、今はわからなくて当然ですから。さっき、強くなるって、モネの《睡蓮》の前で誓ったっておっしゃいましたよね？」

この人は、本気で言ってくれているんだ。

優彩はそう悟りながらも、どうしても自信が持てなかった。

「もう少し、考えさせてもらえますか？」

「わかりました」

すると桐子は、なにやら躊躇ったあと、頬を染めて訊ねる。

「じつは、桜野さん……いいえ、優彩さんと私は、ずいぶんと前に面識があるんですが、憶えてないですよね？」

またしても、驚きを隠せない。

「い、いつですか」

「優彩さんが小学生だった頃です」

混乱する優彩に、桐子は鞄のポケットからあるものを出し、手渡した。それはところどころ錆ついた、古いリボンがかけられた小さな銀色の鍵だった。サイズからして、建物のドアの鍵というよりも、箱や戸棚といった小物用の鍵だろう。

「最近、この鍵をたまたま実家から見つけて、優彩さんのことを思い出したんです。預かったままになっていたなって。それで、当時の住所だけはわかったので、今回の旅の招待状を送ることにしました」

優彩は驚きのあまり、声が裏返りそうになる。

「つまり、あの封筒は理由があって、うちに送られてきたんですか」

「そういうことです。引っ越していたら諦めるつもりでしたが、参加するというお返事をいただけて、本当に嬉しかったです。すみません、今まで黙っていて。怖がらせてしまわないかと心配で」

困ったように髪をさわる桐子は、今までの仕事上の態度と違って不安げだった。優彩は慌てて両手を胸の前でふる。

「いえ、謝らないでください、怖がるなんて、全然。むしろ私こそ、こうして直島に来られて救われたし、感謝しかないです。それに、なんとなく、そうじゃないかなって思った瞬間もあったので」

驚きの展開ではあるが、素直に受け入れている自分もいた。なぜなら旅のなかで、何度か桐子に対して初対面とは思えない親しみを抱く場面があったからだ。あの勘は間違っておらず、根拠があったのだ。

しかし優彩は、桐子とどこで出会い、どんな記憶を共有する相手なのかを、どうしても思い出せない。そのことを正直に打ち明けるべきかと逡巡しているうちに、桐子はぱっと表情を明るくした。

「本当ですか？　憶えていてもらえてよかった！　私のなかで、優彩さんってすごく思い出深い人だったので」

どうしよう、私は思い出せないのに──。

あいまいな笑みを浮かべながら、優彩はひとまず鍵をリュックのポケットに大切にしまった。

第二章　河井寛次郎記念館、京都

「日常を好きになる旅」

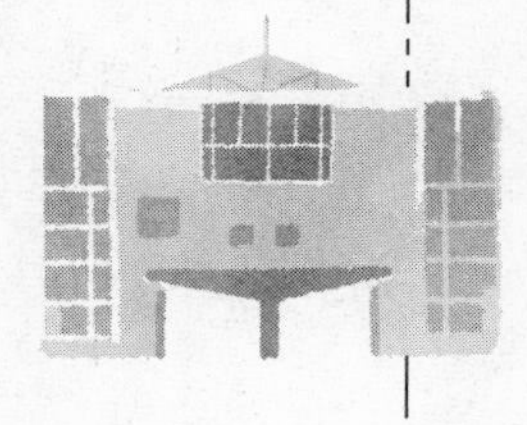

羽田空港から電車を乗り継いで一時間。

見慣れた郊外の駅に到着すると、夢から醒(さ)めたようだった。

直島での、アートに心動かされた感覚や、ホテルのシーツの心地よさや、上品な料理の味などが、あっけなく消えていく。

駅からバスに乗りかえ、住宅地の前で降りるときには、頭は日常のこと、スマホに届いた転職サイトからの通知やコンビニで買って帰るものなどで塗りつぶされていた。暗くなったバスの窓にうつった冴えない顔の自分と目が合う。

通りに並ぶよく似た建売住宅のひとつが、優彩が生まれ育った家である。

「おかえり」

玄関で靴を脱いでいると、母の声がした。

ダイニングと一体化したリビングで、母はパソコンに向かっていた。最近、パートの仕事に加えて、自宅でできるデータ入力の内職をはじめたらしい。

「旅行、どうだった？」と、母は老眼鏡をとってほほ笑む。

「楽しかったよ」

「よかったわ。ラインの返事がなかったから、少し気になってたの。便りがないのはよい便り、とは思ってたけど」

「たった一泊じゃない」

相変わらず寂しがりすぎる、と思いながら優彩は苦笑した。

二階の自室に荷物を置きにいくと、片づけてから出発したとはいえ、出発前の早朝に天気予報を見て、持っていくのをやめた長袖の上着がぽつんと、ベッドの上に置きっぱなしになっていた。よく考えれば、たった一日前なのに、はるか昔のことに思える。

リビングに下りていくと、母は台所に立っていた。

「夕飯、食べるでしょ？」

「うん」

母の手伝いをしたり、洗濯物をまとめたりしていると、優彩の頭に、この家で起こった出来事がよみがえってくる。

中学三年生のとき、父の病気が見つかった。末期の肺がんだった。それ以来、大波に翻弄されるボートのような一家の日々がはじまった。不幸中の幸いだったのは、父が以前からかけていた生命保険のおかげで、この家のローンが完済され、しばらく生活に困らずに済んだことだった。

母はパートの仕事を辞めて父の看病に集中したが、その努力もむなしく、父は二年後にあっけなく亡くなった。母は父を喪って、心のなかの支柱が折れてしまった。思うように働けなくなっただけでなく、はたから見ていても心配になるくらい、精神的に参ってしまったのだ。

母がそこまで心のバランスを崩したことに、優彩は驚かされた。父母はお世辞にもオシドリ夫婦というわけではなく、喧嘩も絶えなかったからだ。母が、父の死後そこまで落ち込むだなんて、想像もしなかった。

自分がなんとかするしかない、と思ったのは、正義感からではない。ただ、自分しかいなかったからだ。バイトをかけ持ちし、弟の陽太と家事を分担した。その傍らで、勉強をするには限度があった。

せめて陽太だけは、大学に行かせてやりたかった。陽太にはその資格があるからだと、最初から固く心に決めていた。だから優彩は、高校卒業後すぐに就職したが、今ではその頃の自分を手放しで褒めてあげたい。母の世話に家事に勉強に就活にと、毎日がつなわたりだった。

「直島って、アートで有名なところなんだってね。どうだった？」

「すごくよかったよ。感動した」

優彩はスマホの写真を見せながら、母に土産話をする。

しみじみと耳を傾けていた母が、ぽつりと呟く。

「ごめんね」

「どうしたの、急に?」

「だって……やっぱり優彩は、アートが好きなんだなって」

美術系の大学に行きたい、という夢は、それまでの人生で唯一、優彩が抱いていた夢だった。厄介なことに、母は娘に大学進学を諦めさせたことに、申し訳なさと後悔を抱いているらしい。優彩としては、母を責める気持ちは一ミリもない。誰のせいでもないし、強いて言うならば、自分のせいだからだ。アートを学びたいという意志を貫き通すだけの、情熱も自信もなかっただけ。それなのに、母はいまだに気を遣ってくる。

「いいよ、もう。ごちそうさま」

母がなにか言うのを待たずに、優彩は立ちあがって皿を片づける。

その夜、陽太に電話をかけた。

陽太は優彩よりも三歳年下で、今は友人とルームシェアをしながら、都内の大学に四年生として通っている。

年末年始に会ったときは、就活のことで頭がいっぱいの様子だった。エントリーシートの書き方がわからないとか、説明会が多すぎてたいへんだとか漏らしていたが、その後なんとかやっているだろうか。

とはいえ、姉と違って、弟は記憶力も要領もよく、つねに学年トップの成績だった。大学では学費を一部免除されているほどなので、きっといい会社に就職するだろうと、優彩はそれほど心配していない。

「あのさ、訊きたいことがあって」

そう切り出すと、陽太は「どうした？」と訊ねる。

「私たちが小学生のとき、四つくらい年上の女の子って、近所に住んでたりした？」

「なにそれ、急に」

「久しぶりに再会した幼馴染（おさななじみ）っぽい人がいて」

陽太は拍子抜けをしたように「だったら、本人に直接、訊けばいいじゃんか」と予想通りまっとうなことを言う。優彩は「相手はちゃんと憶えてくれている手前、申し訳なくて訊けない空気になってるんだよ」と、微妙な心境を説明する。

「しょうがないな……どうだったっけ。近所にそういう人が住んでいたっていう記憶はないけど、たしか小学生のときって、高学年のお姉さんと一緒に登下校したり、給食食べたりしてたよね？」

「してたかも」

「異学年交流ってやつだよ。それでさ、何個か上の学年の子とペアになって、姉ちゃんも仲良くしてたよね。名前はなんだっけ……〝きりちゃん〟とかじゃなかった？」

「それだ！」

記憶が朧げによみがえる。小学校の頃、たった四つしか離れていないのに、とてもお姉さんに思えたこと。優しく手を引いて、登下校の道を歩いてくれたこと。相手の顔まではさすがに憶えていないが、なにより名前が一致したのだから間違いないだろう。

「ありがとう！　思い出せてよかったよ。本当は同級生に訊こうかとも迷ったんだけど、小学校からの友だちはSNSでしかつながってないし、中高の子たちはそんな昔のことは知らないからさ」

「そっか。頭のいい弟を持ってよかったなぁ」

「それ、自分で言う？」

笑いあってから、陽太は改まってこう切りだす。

「そんなことより、姉ちゃん、仕事辞めたんだって？」

「……辞めたっていうか、店が潰れたの」

「大変だったね。母さんも心配してたよ。わざわざ電話がかかってきて」

「そうなの？　お母さんってば……心配性なんだから」

「とはいえ、正社員とかは厳しいんじゃない？　じつは、よく行くカフェで求人の張り紙がしてあったから、あとで画像送るね。店員さんもみんな親切で、雰囲気のいいカフェなんだよ。姉ちゃんも気に入ると思う」

「ありがとう」

お礼を伝えながら、優彩は苦笑してしまう。母と同じく、弟もまた優彩に気を遣っているところがあるようだ。二人のためにも、早く安心させてあげなければならない。

「でもじつは、いい仕事のお誘いがあったんだ」

「マジで？　よかったね！　どんな仕事？」

「旅行代理店なんだけど、どう思う？」

「へー、意外な業種だけど、いいんじゃない」

「自分では、接客とかが向いている気もするんだけど」

真面目なトーンで打ち明けたのに、陽太は笑った。

「姉ちゃんこそ、本当に心配性だよな！　きっと大丈夫だよ。旅行会社だって人と接する仕事だろ？　そりゃ、現場で力仕事するって言われたら、さすがにちょっと止めるけど、旅行代理店なら応援する」

「ありがとう。陽太こそ、就活頑張って」

「気が重いけどね。つぎの週末は予定がないから、そっちに帰るよ」

「待ってるから」

通話を切ったあと、優彩はさっそく桐子の連絡先を表示させた。

*

久しぶりに降り立った新宿駅は、どこからこんなに人が集まってくるのだろう、と不思議になるくらい混雑していた。

梅村トラベルは、青梅街道(おうめかいどう)からほど近い、西新宿に事務所を構えていた。ショッピングモールや高層ビルが林立するにぎやかなエリアから目と鼻の先にあるというのに、一本路地に入ると小さな公園や学校もあって、閑静で落ち着いている。古い雑居ビルの建ち並ぶ細い路地裏に、「梅村トラベル」という看板があった。

ガラス張りの扉を開けると、目の前に、旅行のポスターやパンフレットが掲示されたカウンターと来客用の椅子がいくつかあり、その向こうに十二畳ほどのこぢんまりとしたオフィス空間が広がっていた。パソコン画面に向かっていた桐子がこちらに気がつき、立ち上がって歩み寄る。

「迷わずに来られました?」

「はい、ありがとうございます」

「こちらにどうぞ、社長や奥さんに紹介させてください」

オフィス空間の一番奥の机に座っていた男性に、桐子は声をかける。

頭頂部まで額の広がった、六十代後半か、七十代はじめくらいの男性だった。ループタイをしめたシャツのうえに、お洒落な柄の茶色いベストを着て、べっこう色の眼鏡をかけている。にこにこしているのかと思いきや、目が地（じ）で笑っているような形をしているらしい。

はじめに手渡された名刺には、「梅村トラベル社長」と記されている。

社長は高くて弾んだ声で言う。

「社長といっても、社員は僕のかみさんと、桐子さんの二人しかいない少数精鋭部隊でしてね。もう一人若い方をお迎えできて、嬉しく思いますよ」

若いのだろうか、と一瞬思うが、社長からすれば孫のような感覚かもしれない。すると別の机に向かっていた女性が、ビーズのストラップをつけた眼鏡越しに、こちらを見つめて「はじめまして、梅村の妻の淑子（よしこ）です。よろしくお願いします」と滑舌のいい通る声で言った。

それにしても、まず目を惹かれるのは、ここはアートギャラリーかと疑うくらい、あちこちに飾られたじつに多様な作品だった。

入り口からカウンターまでの待合には、台座まで準備され、古めかしい壺（つぼ）や色鮮やかなオブジェが魅力的に展示されている。オフィスの壁にも、額縁に入った絵画がかけられているが、そのうちの一点は、海をうつした白黒写真であり、直島のホテルにあった作品とよく似ている。

もしかして、本物じゃないよね――。

じっと見入っていると、社長が立ち上がって、応接室の方をさす。

「じゃ、少しお話をしましょうか」

待合やオフィス空間に負けず劣らず、応接室にもさまざまなアート作品があった。茶道具だろうか、床の間風になった展示用スペースには、古い布のうえに小さい木彫りのラクダが置かれていた。

「いいでしょ、そのラクダ。最近手に入れたんですよ」

「素敵です。布にもよく合ってます」

「そういう布はね、裂地(きれじ)っていうんですが、シルクロードを通じて日本に伝わってきた伝統的な織物なんです。だからラクダの置物にぴったりだと思いましてね。何気に旅行もテーマになっているわけでして。上手いでしょ?」

「は、はぁ」

若々しくエネルギッシュだと思いながら、この社長は資産家かなにかだろうか、と余計なことが気になる。旅行代理店がどのくらい儲(もう)かるのか、優彩にはわからなかった。

まもなく社長夫人の淑子が、盆にのせて茶を運んできた。

ラクダを手に持って鼻の下を伸ばしている社長に、淑子は目ざとくいう。

「また自慢してたんですか？ 懲りませんねぇ」

「そんな言い方はないだろう」

むっとした表情の社長を無視して、淑子は優彩に向かって言う。

「社長はね、美術品に目がなくて、本当に困るんですよ。その情熱を、少しは仕事に傾けてくれればいいのにって、昔からずっと思ってるんですけどね」

「今は僕と桜野さんが話すんだから、あなたは黙っていてくださいよ！」

社長から注意されても、淑子は素知らぬ顔で「いいえ、私も同席します。勝手に間違ったことを説明されたら、他でもない桜野さんにご迷惑ですからね」と、脇の席に居座り、自分の茶をすすりはじめた。

「前職では、画材店で働いてらしたんですってね？ 閉店してしまったとは、残念ですね」

「そうそう、本当に」と、社長は切り替えてこちらを見る。

「社員として、私も無念でした」

それから、画材店ではどんな仕事をしていたのか、どういったことが得意で、やりがいを感じるのか、といったことを訊かれた。他にも勤務形態について、週五日勤務で諸々の社会保険や手当もある、と淑子から説明を受けた。

また、梅村トラベルは、長らく個人や団体に一般的な旅のパッケージを提供してきたが、インターネットで飛行機などの予約や情報入手もしやすくなった今、専門家の視点があるからこそ組める旅の必要性を感じるようになった。

そこで、社長の趣味であるアートの旅を提供することにしたという。たとえば、美術愛好家が集まる国内外のアートフェアや芸術祭が行なわれる際は、そのためのツアーを企画する。最近ではリピーターも多く、そういったツアーを組めばすぐに完売することも珍しくないとか。

説明のあと、質問はないかと言われた。

「あの……この事務所には、たくさん素敵な作品がありますが、どれも社長の持ち物なんでしょうか」

「そうですよ」と、社長は細い目をさらに細くしてつづける。「かみさんの前で言ったらまた怒られますがね、いい作品を見たら、つい買って応援しなきゃって気になってしまうんですよ。おかげで、どのくらいの借金を重ねたか」

「借金?」

物騒な単語が出てきたので、つい身構えてしまう。

「社長!　余計な話はやめてください」

「失敬。今のは言わなかったことにしましょう。まぁ、昔の話ですから」

「よくおっしゃいますこと」と、淑子の合いの手が入る。

借金をするということは、資産家ではなさそうだ。しかも、こんなに高価そうな作品を集めるなんて、どれくらいの借金を重ねたのだろう。いや、それは過去の話に限らないのでは。画材店が潰れたことがトラウマになっている優彩は、つい経営事情が気になる。

本当に、この会社に就職して大丈夫だろうか――。

そんな優彩をよそに、社長はお茶をすすったあと、眉を上げて訊ねる。

「して、桜野さんもアートがお好きだとか？」

優彩はとつぜん自分に話題がふられて、背筋を伸ばす。

「はい。私はもっぱらつくることが小さい頃からずっと好きで。絵を描いたり、工作をしたりしていました。小学生のときは、近所の造形教室に通わせてもらったこともあります」

「造形教室って、どんなことをするんです？」

社長は興味深そうに、眉を上げた。

「絵描きや陶芸といった創作だけじゃなく、土いじりの他にも、鳥やウサギといった動物の飼育など、都会ではなかなかできない貴重な体験もできる場所でした。中高でも美術部に入っていたので、本当は美大に進学したかったんですが、いろいろと事情が重なって、画材店に就職したんです」

優彩の話を最後まで聞くと、社長はにこりと笑って肯いた。

「なるほど。アートとのかかわりあいは、いわゆる美術業界に身を置いていなくても、さまざまな形でできるものだと僕は思っています。だから今のあなたには、こんな言葉を贈りましょう」

咳払（せきばら）いをし、真面目な顔になって、社長は言う。

「過去が咲いている今、未来の蕾（つぼみ）で一杯な今」

「……なにかの格言ですか？」

「まぁ、そのうちにわかりますよ」

例によって、淑子が横から茶々を入れる。

「社長、またそんな風にカッコつけちゃって。桜野さんが困ってますよ」

「もう、あなたは黙っていてくださいよ！」

またしても、夫婦のやりとりがはじまって、優彩は肩をすくめる。どうやら調子のいい社長に、パワフルで口の達者なおかみさんが突っ込みを入れ、たじたじさせるという構図のようだ。

面接は形だけのもので、採用されることはほぼ決まっていたらしい。

応接室を出ると、優彩は桐子と向かいあう位置のデスクに案内され、桐子から業務について説明を受ける。宿泊施設や交通手段の予約、下調べ、会社のホームページ更新など、少しずつやりながら憶えていってほしい、と。

新しく準備した手帳とペンでメモをとりながら、優彩はいったいどんな旅の仕事が待ち受けているのだろう、と胸が高鳴った。

＊

ゴールデンウィークを過ぎたものの、気候に恵まれた週末のため、東海道新幹線のホームでは、自由席の乗車口に長い行列ができていた。

東京駅で桐子と待ち合わせた優彩は、はじめての出張であるこの日、朝からこれからの段取りを何度も反芻していた。

のぞみの車内に乗りこみ、今回は隣の席に腰を下ろす。

「優彩さん、京都ははじめてですか」

「ずいぶん昔に、家族で旅行したことはあります」

中学校に入学したばかりのことで、生前の父も一緒だった。

どうして京都だったのか、誰が言いだしたのかは憶えていない。家族四人での最後の旅行であり、思い返せば、そのあと家族の誰とも旅行していない。そのせいか、京都の記憶は心のなかで大切に額縁に入れられ、夢にもよく出てくる。

橋の上から眺める鴨川(かもがわ)のせせらぎ、繁華街でのお土産探し、見たことがないくらい広く古めかしい寺院の静けさ。今ではテレビで見た光景と混じって、どこまでが自分の体験で、どこまでがメディアの映像かはわからないが、少なくとも確かなのは、母が楽しそうだったということだ。

「桐子さんは？　よく京都に？」

「そうですね。アート関連のイベントや、美術館や博物館も多いので、自ずと。海外からのリクエストで、京都の神社仏閣を回りたいという依頼もあるんです。だから優彩さんも、はじめてのアテンドが京都っていうのは悪くないと思いますよ。いい意味で、観光客慣れした街ですし、情報にも困らないので」

桐子と二人がかりで現地同行をすると聞いたとき、最初はずいぶん手厚いサービスだと感じたが、旅の経験が乏しい優彩のための、いわば新人研修でもあるのだろう。旅行代理店の社員として今後どんな仕事をするべきかを、現地で考えるようにと出発前に社長に言われていた。

期待に応えるべく、優彩は鞄からファイルを出して、おさらいする。

旅行に参加するのは福岡在住の父娘だった。

父の飯尾拓味は、五十代後半で飲食店を経営しており、中学一年生になる娘は麻花という名前である。麻花が中学の美術部に入部したことを機に、せっかくなので京都のアートを見て学ばせたいという希望だった。

京都駅の八条口（はちじょうぐち）改札の前で名前を記したプラカードを掲げて待っていると、キャリーケースを引いた二人組が現れた。父の方が頭を下げながら「どうも、飯尾です。どうぞよろしくお願いします」と声をかけてきた。

見あげるほど背が高く、横幅もある大柄な体格だが、接客業をしているせいか、朗らかで人当たりのよい物腰である。野球帽をかぶり、黒いTシャツにチェック柄のシャツを羽織った装いだ。

一方、その脇に立っている娘の麻花は、人見知りなのか、にこりともせずによそ見をしている。二つ結いの髪型といい、ダボッとしたパーカーに丈の短いショートパンツから伸びる素足といい、溢（あふ）れでる若さがまぶしかった。

挨拶（あいさつ）を終えて、駅のロッカーに荷物を預け、バス乗り場へと向かう。

やがてやってきた緑色のバスに乗りこみ、最後尾に腰を下ろした。

手鏡で前髪をしきりに気にしている麻花は、どうやら額で赤くなったニキビを隠しているらしい。最初に会ったときから不機嫌そうにしているが、バスに乗りこんでからも、父娘のあいだに会話はなかった。どうやら麻花の方が、飯尾に距離を置いているようだが、飯尾の方は気がついていないのか、それとも、麻花はいつもそうなのか。

「お二人は、わざわざ東京からお越しに？」

「ええ、はい」

「そうですか。今回はネットで妻が調べて、お宅を見つけたんですよ。娘に美術品を見せてやりたいけれど、どうやって旅程を組めばいいのかもわからなかったので、アートの旅と銘打っているサイトを見つけて、これだ、と思いましてね」

父の飯尾は、質問してもいないのに娘のことを話しはじめた。

「アートというと、僕のような庶民とはほど遠い感じがしますが、いやはや、うちの娘は誰に似たんですかねぇ、絵を描くのが好きで、部活も美術部に入っているんです。自慢じゃありませんが、美術館なんて、僕は一度も行ったことがないのに。このセンスのなさが、娘に遺伝してないといいんですけど」

「いいえ、そんなことはないと思いますよ」

桐子は前席の手すりを握りながら、穏やかにほほ笑む。

「でもアートの才能って、ほんの一握りの人にしかないっていうじゃないですか？　しかも評価されるのは死んでからで、食べていくのも難しいって。ゴッホみたいな天才でも、生前ちっとも売れなかったんでしょう？　料理人にたとえたら、ミシュラン三ツ星でも閑古鳥が鳴くみたいな？　いや、違うか？　とにかく厳しい世界のようだから、僕はあまり期待してないんです。でも……どうかあとで作品を見てやってもらえます？」

「やめてよ、勝手に！」

麻花が目を合わさないまま、ぴしゃりと飯尾に言う。

「恥ずかしがっても仕方ないぞ！」

娘に無視されているのに、飯尾は話題を変えてしゃべりつづける。

「僕、京都に来るのは修学旅行以来なんですよね。でも今となっては、ろくな思い出がないんですよ。清水寺っていうんですか？　土産屋がずらっと並んだ通りで、はじめて外国人と実際に出会いましてね。友だちと面白がりながら、〝ディス・イズ・ア・ペン？〟ってしゃべりかけにいったものです。結局、通じなかったんでしょう、きょとんとされましたね、がはは」

ふり返って確認すると、麻花はさらに表情を曇らせている。

この場を明るく盛りあげようという飯尾の想いは伝わるけれど、逆効果でしかない気がした。

慌てて、優彩は話題を変える。

「飯尾さんは普段、飲食店を経営なさっているんですよね？」

「ええ、しがない定食屋ですが、夜はお酒も出しています。人気メニューはサイコロステーキ。和牛をじっくりと焼いて、秘伝のたれをかけるんです。逸品だって評判ですよ。あ、よろしければ、ご覧になります？」

受けとったスマホには、大皿に山のように盛られたステーキがうつっていた。

「おいしそうですが、これって何人前ですか」

「まさかの一人前です！　驚いたでしょ？」

飯尾は大口を開けて笑った。

訊けば、飯尾が妻と営んでいる定食屋は、デカ盛りという言葉ができる以前から、量多めで料理を提供しているらしい。はじめは普通盛りだったが、あることをきっかけに量が増えていったのだとか。

「ある日、注文をとりにいったら、赤ちゃんから小学生までの子どもを五人も連れた大家族がいらっしゃいましてね、家計が厳しいというだけの理由で、サイコロステーキの注文を我慢（がまん）なさっている場面に居合わせたんです。気がついたら僕、つぎいらっしゃるときは値下げをして、量も増やしてお待ちしてますって約束していたんですわ。そしたら、本当にもう一度来店してくださって。約束通りにしたら、どうなったと思いますか？」

一呼吸置いてから、飯尾は意気揚々（いきようよう）とつづける。

「子どもたちがみんな大喜びだったんです。それ以来、誰かがお腹いっぱい食べてるところを見ることが生きがいになってしまいまして」

頭に手をやりながら嬉しそうに話す飯尾は、デカ盛りの料理人という仕事に誇りを抱いていることが伝わった。

「私たちもお店に行ってみたいです」と桐子。

「ぜひ！　でも少しでもお客さんに喜んでもらおうと必死になる余り、妻や娘には呆れられちゃいましてね」

飯尾はふたたび笑ったが、麻花は一言も発さない。場を和ませようとする父の気遣いは涙ぐましいが、思春期の娘には裏目に出てしまう。麻花はただ窓の外を見つめ、ほとんど睨んでいるといってもいい。

せっかくの旅行なのに、こんなに険悪になるなんて。

さすがの飯尾も諦めたらしく、ため息を吐いて黙りこんだ。冷や冷やするこちらをよそに、五分もたたないうちに居眠りをはじめた飯尾は、ティーンエイジャーの心がいかに繊細かをまったく理解していなそうだった。

京都駅から東方の川端通りを二十分ほど北上し、緑の多い公園エリアに到着する。桜並木の疏水の橋をわたると、巨大な赤い鳥居が現れる。まっすぐ行った先には、桐子によると平安神宮があるという。

そんな鳥居の目の前に、京都国立近代美術館がそびえていた。

先に父娘とともにバスから降りて、グリッド状の線で構成された左右対称の建物を見上げる。コンクリートやガラスでできた四角いパズルをはめ込んだような、絵画っぽい外観である。まさに「近代（モダン）」と呼ぶのにふさわしい。

　外のチケット売り場で人数分を購入し、ガラスのドアをくぐる。公園のにぎやかさが消え去り、天井の高い広々とした空間が待っていた。とたんに、美術館に来たんだという実感を抱く。

「他にも美術館はたくさんあるのですが、今回は、中学校の美術部に入部された麻花さんのためのご旅行ということで、オーソドックスな近代絵画がたくさん見られる、この近代美術館を選びました」

　桐子が説明をしながら、一行は広々とした一階のスペースを通り過ぎて、展示室へとつづく階段をのぼっていく。

　この日は、三階では「日常」をテーマに、京都にゆかりある画家の作品を国内外から集めた企画展が開催され、四階では主に館内の工芸コレクションを紹介する常設展が行なわれているという。

　ひとまず最終的な集合時間を決めて、自由に見学してもらって構わないが、自分は近くにいるので、気になった作品や詳しく解説してほしい作品があれば、いつでも気軽に声をかけてほしい、と桐子は告げた。

　優彩は展覧会を鑑賞しながらも、父娘の様子をつねに窺うようにした。「美術館にはほとんど行かない」という飯尾だが、はじめのうちは一点一点じっくりと鑑賞していた。

とくに長く足を止めたのは、福田平八郎という日本画家の作品で、パンフレットの画像にも使われている、この展覧会の目玉作品だった。

飯尾は桐子に声をかけて、こう訊ねる。

「なんで《雨》という題名なんですか」

描いてあるのは、瓦屋根だけである。遠近をなくして、灰色の地のうえに模様のように瓦と瓦のあいだの影を線描している。今から七十年ほど前の作品にもかかわらず、新しさを感じた。

「よく見てください。じつは雨も描かれているんです」

桐子に言われて、飯尾は目を凝らしながら首を傾げる。

「描かれていますかね？」

「ほら、瓦の表面に丸い染みがありますよね。雨がちょうど降りだしてきたときの情景なんです」

優彩はその瞬間、雨がぽつぽつと落ちる音や、むっとするような夕立の香りを感じた。視覚だけではなく、聴覚や嗅覚にまで訴えてくる絵があるのだと衝撃でもあった。なんて大胆でかっこいい絵だろう。

他にも、《漣》という同じ日本画家による作品が隣にあって、それは銀色の地にミミズがはうような線で、青色の波が幾重にも描写された、《雨》と同じくらいミニマルでいて詩的な作品だった。たった二色だけなのに、池の上を吹き抜ける風の冷たさや、水草のざわめきや匂いを想起させる。

しかし飯尾は、腑に落ちていない顔であいまいに肯く。

「ほう……頓智が利いているのかな？　僕にはよくわかりませんが、こういうのなら娘にも描けそうな気がしますね」

しかし数メートル背後を歩いている娘の麻花は、こちらを見ようともしない。

四階の展示室に上がったが、飯尾は早くも飽きたらしく、「もう十分元は取れましたよ」と言って、すべての部屋をさっさと通りすぎ、出口すぐの休憩スペースのベンチに腰を下ろした。またしても船をこぎはじめる。

とはいえ、そこは壁一面ガラス張りになった、開放的な空間だった。公園の木々や前方のレンガ造りの古めかしい建物の他、天気に恵まれたおかげで、東山にいだかれた複数の寺院まで、遮るものなく望める。立ち去り難くなり、それまでの歩き疲れもあって、眠りに落ちている他の来館者もちらほらといた。

一方、麻花は自分のペースで静かに一点一点を食い入るように見ていた。時折、絵の前でなにかをメモしている。父には反抗的な態度をとりつつも、真面目な子なのだろうなと優彩は好感を抱く。

「気に入った作品はありましたか？」

訊ねると、麻花は戸惑ったように息を呑んでから、「はい、いろいろと」とだけ、小さい声で答えた。

「よかったです。麻花さんって、美術部だそうですね。じつは私も、中高と美術部員だったんですよ」

麻花の表情が少しだけ明るくなる。

「同じですね」

「はい、同じです」

「でも、私、お父さんには黙ってるんですけど、けっこう幽霊部員なんです」

「そうなんですか？」と、優彩は驚いて訊ねる。

「だって周りは、私なんかより上手な子ばっかりで、自信なくしちゃうから」

麻花はこちらに目を合わさず、前髪を気にしながら言った。

「こういう場所でも、同じこと思ったりします？」

「いえ、美術館は、なんていうか、もう芸術家認定された人ばっかりだから、ただただすごいなって感心します」

「なるほど」

「でも美術部の子たちは、同年代だし、同じ教室で描いているわけだから、つい比べちゃうじゃないですか。悔しくないのかって、お父さんには叱られるけど、悔しいっていていう気持ちは、自分もみんなに勝てるかもっていう自信がないと、抱かないじゃないですか。私はそもそも絶対に勝てないってわかってるから、悔しいとさえ感じないんです。ただただ恥ずかしいというか、悲しいっていう」

展示室を歩きながら、ぽつぽつと麻花は話してくれた。

まわりの子たちが当然こなしているのに、自分だけがうまくできない——。

それは、優彩にも身に憶えのある感覚だった。とくに家が大変だった高校生の頃、自分は逆の意味で特別なのだという劣等感があった。どうせできるわけがないし、うまくいかない星の下に生まれたのだ、と。だから少しでも他人から侮られたり、否定されたりすると、敏感に反応してしまった。

でもそれもまさに、自分でかけた呪いだった。

客観的に考えられる今だからこそ、過去の自分によく似た麻花の呪いを解いてあげたくなる。

「この旅行を思いついたのは、麻花さんだったんですか」

「いえ、父です。本当はお母さんと二人で来る予定だったのに、お母さんから、お父さんと二人で行ってきなさいって言われてしまって。でもうち、さっきお父さんが言った通り、お金もないし、今日もお店はお母さんが一人で営業してるんです。そこまでしてアートの旅なんて、来なくてもよかったのに」

麻花はこちらを見て、はっと手で口元を覆う。

「すみません、失礼なことを言って」

「いえいえ、いいんですよ」

それから麻花は、もう一度三階の企画展を見返したいと言い、優彩と別れた。そんなに時間が残っていないが大丈夫だろうか、と心配になっているところに、展示室の出口近くで桐子から話しかけられる。

「そろそろエントランスで待っていようと思います。飯尾さんは？」

「ベンチで寝ちゃってます。お疲れのようですね」

「まぁ、美術館で居眠りって、クラシックコンサートで寝るのと同じくらい、贅沢な睡眠ですからね」

桐子は明るく笑い、先にエントランスに向かった。

しかし案の定、集合時間になっても麻花は、エントランスに姿を現さない。優彩が飯尾とともに麻花を捜しにいくと、三階の展示室でまだ作品を見ていた。集合時間を間違えていたらしく、急いで館を出ようとするが、今度は、ロッカーの鍵を失くしてしまったことが判明した。

「おい！　おまえは本当にダメなやつだな」

苛立ったように言う飯尾を、優彩は「大丈夫ですから。こういう事態を見越して、旅程は余裕を持って組んでありますし」となだめる。

　優彩はすぐさま受付に向かい、落とし物の問い合わせをするが、ロッカーの鍵は届いていなかった。若干焦りながら戻ると、すでに麻花は鞄を手に持っていた。結局ショルダーバッグの奥底にあったらしい。

「本当にすみません、ご迷惑をおかけして。いつもそうなんです」

ペコペコと頭を下げる飯尾の隣で、麻花は力のない目で「すみません」と呟く。

「いやいや、全然いいんですよ」

　桐子は朗らかに答える。

　優彩はさきほど麻花と交わした会話をふり返りながら、彼女の心境を想像する。大事な場面に限って、小さな失敗を積み重ねてしまう。些細なことなのに、すべて否定的な捉え方しかできなくなる。今の麻花は悪いモードに入っているように思えた。

　空港で桐子と会ったとき、まぶしいと感じた優彩も、まさにそういう状況にいたのでよくわかる。しかし麻花の失敗をただただ呆れ、強く叱っている飯尾は、厄介にもそんな娘の葛藤に一切気がついていない。

*

つぎに訪れたのは、京都国立近代美術館から二・五キロほど南に位置する、河井寛次郎記念館だった。

目の前の五条坂では、毎夏に陶器まつりが開催されることで有名だとか。国道一号線である五条通は交通量も多いが、一本角を曲がっただけで、昔ながらの町屋が閑静な路地に建ち並んでいる。

記念館といいながら、外観は古いお屋敷だった。白い字で記された赤茶けた木の看板がなければ、素通りしてしまっただろう。引き戸になった玄関をくぐってすぐに、吹き抜けの空間に出迎えられた。真ん中には囲炉裏があって、一瞬タイムスリップしたような感覚をおぼえる。

床も柱も家具も、木や畳のぬくもりを感じさせる。なつかしい香りを吸いこむと、山里の古民家に迷いこんだ気分になった。広くとられた窓は中庭に面しており、障子から柔らかい光が差しこむだけでなく、初夏にちょうどいい風通しだった。

「ここも美術館なんですか」

飯尾は仰天しながら訊ねる。

「そうですね、作品もたくさん展示してあります。というか、建物自体が作品といってもいいでしょうか。肩ひじ張らずに、リラックスして楽しめるところにもお連れしたくて、ここを選びました」

ここは大正昭和にかけて活躍した陶芸家、河井寛次郎が一九三七年に自ら設計した自宅兼工房であり、今では記念館として一般公開されている。家族や友人、自らが心地よく過ごせるように、寛次郎やその近親者が隅々まで気配りして設えたという。

「調度品の多くが、寛次郎によって集められたコレクションなんです」

そう言われて注意を払うと、椅子ひとつとっても、くり貫かれた木彫りの椅子や、イギリスの骨董品を思わせる高い背もたれのついた猫足の椅子など、個性ゆたかだ。藁で編まれた座布団や織物の敷物などが、それぞれに相性よく配されている。

囲炉裏の近くを見ても、吊り下げられた鉄釜はユニークな形をし、そのまわりを壺や置物がにぎやかに囲んでいる。さらには、あちこちに花が飾られているのも印象的だった。芍薬やアヤメの他、名を知らない野花が、各々に合った花瓶に活けられている。

「日常生活のなかに、美が溶け込んでいる感じですね」

優彩がため息まじりに感嘆すると、「それこそ、河井寛次郎が目指そうとした世界なんだと思います」と、桐子は肯いた。


しかし中庭に出ると、急に雲行きがあやしくなった。

雨が降らないように願いつつ、作品が陳列してある仕事場に入る。一段高くなったところに轆轤が埋めこまれ、脇には実際に使用されていた道具もあった。よく磨かれた木の床には、寛次郎の大小さまざまな作品がにぎやかに並んでいる。

近代美術館にも、寛次郎のやきものは展示されていたが、ずいぶんと見え方が違うのはなぜだろう。答えは桐子が教えてくれた。

「寛次郎は、自分の作品を美術品として仰々しく扱われるのを好まず、あえてサインや銘(めい)を入れなかったんです。それどころか、人間国宝になるのも断ったそうです。金持ちも貧乏人もわけへだてなく、自分の作品を使ってほしいという気持ちの表れだったのかもしれませんね。そのために肩書を背負わなかったんです」

「へぇ、欲のない、立派な人ですな」

飯尾は目を丸くして、寛次郎の作品を一点ずつ眺めた。

あえて筆致を残したような大胆な絵付けのなされた大皿や、ぐにゃぐにゃとダイナミックに屈曲する古代の土器を思わせるような壺など。生まれ故郷である工房にさり気なく置かれているそれらの作品は、どれも自由で素朴な佇(たたず)まいだった。

「楽しそう」

目を輝かせながら、小さな声で呟いたのは麻花だった。桐子は麻花の隣に立ち、同じ作品を見つめて言う。

「寛次郎の作品を見ていると、アートに正解はないって思うんです。だから私は、今回の旅が麻花さんにとって、こうあるべきという答えを探す旅じゃなく、麻花さん自身の答えを見つける旅にしてほしくて、ここにお連れすることにしたんです」

「私の答え？」

「はい。誰がなんと言おうと、これが私だと自信を持って言えるような答えです。きっとそれは、お父さんも、麻花さんに望んでいることだと思いますよ」

「え、お父さん？」

「はい」と、桐子はほほ笑んだ。

飯尾の姿を捜すと、すでに仕事場を出て、順路を進んでいる。相変わらずせっかちそうだけれど、その背中からは、美術館の作品を見ていたときよりも、積極的に楽しんでいることが伝わった。

仕事場の窓からは、登り窯が見えた。もしかすると、寛次郎はこの窓から火の加減を見守っていたかもしれない。今は使用されていないが、当時の状態で保存、展示されている登り窯を、優彩たちも見学しにいく。

斜面を利用して、土の階段のすべての段で、赤土とレンガでつくられた同じ大きさの洞穴がつづいた。いったいどのくらいの薪をくべれば、このすべてを熱で満たせる火力ができるのだろうと想像して、眩暈がする。

大量にやきものを焼く際、炉内が大きいと温度のムラができるために、いくつかの部屋に仕切って一定に保つのだとか。

持ち主が逝き、使われなくなった今も、力強く大地に根を下ろした登り窯は、ひとつの芸術品として生まれ変わっているように感じた。

ふたたび家屋に戻り、二階につづく急な階段をのぼると、障子窓に四方を囲まれた和室があった。イグサの香りに包まれたその空間は、書斎だったのか、背の低い文机や脇息が置かれている。長く垂らされたレトロな照明や窓辺の置物ひとつとっても、こだわりを感じた。

窓から外を覗くと、隣の家の屋根がすぐ近くまで迫っている。

そのとき、ぽつり、と音がした。

とうとう降りだしたらしい。雨粒が瓦屋根を濡らしていく。

その光景に息を呑んでいると、飯尾が声を上げた。

「あの絵のまんまじゃないですか！」

本当に、福田平八郎の《雨》の世界が、そこにはあった。窓という四角形に切りとられた瓦屋根が、決して抽象化もされず、濃淡さまざまな灰色の斑点をつくっては、徐々に塗りつぶされて消えていく。

なるほど、平八郎はこういう日本家屋から、降りだした雨を描いたのか――。

まさか、ここで種明かしがされるとは思っていなかったが、桐子の方を見ると、何食わぬ顔をしている。きっと桐子のことだから、記念館の二階の窓から見える景色を見越して、先に近代美術館に連れていったのだろう。

「〝民藝(みんげい)〟という言葉があります」

桐子はふと口をひらいた。

日常の暮らしのなかで使うものにこそ用の美が宿ると考える運動で、それに共鳴して中心を担ったのが、河井寛次郎だったという。

「平八郎が窓の外の瓦屋根に、降りだした雨の情緒を見出したことにも、私はどこか通ずるように思うんです。きっと平八郎は見慣れている瓦の色や形こそ美しいと感じ、雨をしのぐ用途に思いを馳せたでしょうから」

「なるほど……そう言われると、とても腑に落ちます」と、飯尾は唸る。

「はい。民藝では、美しいものは特別な人だけが生みだすものではなく、無名の職人の手仕事にも宿っているという考えがありました」

「それも、アートなわけですか？」

目を丸くする飯尾に、桐子は肯く。

「もちろんです。アートは決して、日常とかけ離れたものじゃないんですよ」

飯尾はしばらく考えを巡らせるように、腕組みをしていた。

つぎの瞬間、ぱっと花が咲いたような顔になった。

「僕はなにかを誤解していたように思います。今の寛次郎の考え方は、僕もめちゃくちや共感しますわ」

飯尾は声を弾ませて答える。

誰かの心がアートによってひらかれる瞬間を、優彩ははじめて目撃した。自分が直島の地中美術館で涙したように、ただ黙々と、作品と静かに対峙することで心を動かされることもあれば、誰かと対話を重ねることによって、ようやく扉が開放されるという場合もあるのだ。

彼自身も意識していなかった日常の一側面を、これまでとは異なる視点で見直すことができた。飯尾は今、気恥ずかしそうであり、嬉しそうでもあった。

通り雨だったのか、徐々に雨脚は弱くなっていた。

「ねぇ、お父さん」

隣に立っていた麻花が、はじめて自ら父に声をかけた。

「お父さんの料理もさ、アートみたいなものかもね」

首を傾げる飯尾に、麻花は顔を逸らしながらもつづける。

「だってさ、桐子さんの話を聞いてたら、日々訪れるお客さんを幸せにするお父さんの仕事って、アートによく似てない？」

飯尾は沈黙したあと、感極まったように娘の肩を抱きよせた。

「いいことを言うじゃないか、麻花！」

「恥ずかしいし、痛いし。ていうか、私のために来た旅行なのに、背中を押されてるのお父さんの方じゃない？　ダサッ」

涙もろいらしく、飯尾は袖でぐいと目の辺りを拭うと、「本当だな。おまえのための旅なんだから、俺が感激してどうする。志比さん、麻花にもっと寛次郎の作品を見せてやってください！」と声を張りあげた。麻花はそれまでのような不機嫌そうな顔は見せず、ただ呆れるように笑っていた。

ふと、書斎の壁に飾られた一幅の書が目に留まる。

——過去が咲いてゐる今、未来の蕾で一杯な今。

どこかで聞いたことがある。

そうだ——社長が面接のあとに言っていたことじゃないか。社長は寛次郎の言葉を引用していたのか。あれは社長なりの激励(げきれい)だったのかもしれない。

晴れやかな気分で階段を下りると、縁側に敷かれた茣蓙(ござ)のうえで、猫が気持ちよさそうに寝ている姿が目に入った。その隣には、晩年に多くの木彫作品を遺したという寛次郎が、娘のためにつくったという木彫りの猫が展示されている。

「あの作品もね、猫がいなくなって悲しんでいた娘さんのために、寛次郎が手作りをしてあげたものだそうですよ」

桐子に囁(ささや)かれ、優彩はこれまでの自分を省(かえり)みる。

もし父が生きていたら、今頃自分はまったく別の人生を歩んでいただろう。そのことを想像すると寂しくもありながら、それ以上に、子どもたちが成長する姿を見られずに死んでいった父の無念は、自分が思う以上に大きかったのではないかと思った。

＊

ホテルまで父娘を送り届ける車中、二人の会話がぼそぼそと聞こえてきた。

「えー、ラーメン？　せっかくだから京都らしい料理が食べたい」

「なにを言ってるんだ、京都はラーメン激戦区なんだぞ」

二人は言い争いながらも、どこか楽しそうだった。

最初に会ったときよりも距離が縮まったようで、優彩は胸をなでおろす。

今回は一泊せず、アテンドはここで終了だ。日帰りで東京に帰る優彩たちに、麻花が別れ際こう告げた。

「あの……お父さんの料理や店の風景を絵にするのって、どう思います？　今度、美術部で自由制作の課題があるんですけど、モチーフがまだ決まってなくて」

桐子は満面の笑みで「いいと思います」と肯く。

「本当ですか」と、麻花は表情を明るくした。

「たとえば、画家のモネは日々の食事にこだわりがあって、レシピ本も残しています。

料理とアートはさまざまな接点があるので、調べるといいかもしれません。完成したら、ぜひ見せていただきたいです」

「えっ、見てくれるんですか？」

「もちろん、約束ですよ」

麻花は頰を染めながら礼を告げ、父と手を振ってホテルに入っていった。


二人と別れたあと、新幹線の乗り場へと向かうエレベーターから、煌々と光る京都タワーを望めた。東京よりも控えめな夜景に浮かびあがる、すぐ間近に迫った京都タワーの白とオレンジ色は幻想的だった。

「あれって、灯台らしいですよ」

「蠟燭じゃないんですか？」と、優彩は改めて京都タワーを眺める。

「瓦屋根の波を照らしているイメージだそうです」

「やっぱり瓦屋根は、京都のトレードマークなんですね」

平八郎の《雨》といい、寛次郎記念館の二階から見る日本家屋といい、すべてがつながっている気がした。以前、桐子が旅先で美術館に行く醍醐味は、その土地にゆかりのある作品を見られることだと話していたのを思い出す。地元の芸術家の視点から見た瓦屋根は、特別な存在にうつった。

新幹線のホームは、往路のときほど混雑していないが、仕事を終えた会社員らしき人たちが多かった。席を予約したのぞみを待っていると、桐子のスマホに着信があった。優彩に断ってから、「もしもし」と応答する。

「どうした？　うん、今から帰るけど、まだ遠くにいて時間がかかるから、いい子にして待っててね」

数分ほど話したあと、スマホをしまいながら「息子からの電話でした」と、桐子はさらりと言った。

「えっ、お子さんがいらっしゃったんですか」

素直なリアクションをとってしまった優彩に、桐子は「意外でした？」とほほ笑む。

「というか……全然そんな風に見えなかったので」

「たしかに、話さないとわからないですよね。子持ちですってバッジを付けて歩いてるわけじゃないし。でも私はてっきり、社長が話してくれたものかと思ってました。夕方早く退勤させてもらってるのも、そのせいなんです」

大きく肯きながら、優彩は好奇心を抑えられない。

「息子さん、おいくつですか？」

「もうすぐ五歳になります。今日は遅くなるので、行政の保育サービスを利用して、家で面倒を見てもらっています」

「そういえば、私を案内してくださったときは泊まりがけでしたけど、大丈夫だったんですか？」

桐子は誰かから同じ質問をされたことがあるのか、困ったように肩をすくめた。

「どうにもならないときは、近くに暮らしている親の家に泊まらせています。あと、日本って子育てがしにくい国だってさんざん批判されますが、実際は調べると、いろんなサービスがあって案外なんとかなるんですよ」

「……まったく知りませんでした」

「当事者になるまで、私も知らなかったです」

よく考えれば、桐子が男性だった場合、五歳の子どもがいても「大丈夫ですか」とは訊ねなかっただろう。今のようなリアクションをとった時点で、自分には無意識の男女差別というのか、固定観念が眠っていたと気がつく。

旦那さんはどうしているんですか——。

そう訊きかけて、優彩ははっと躊躇(ちゅうちょ)する。子どもがいるからといって、結婚しているとは限らない。

「他に訊きたいことは？　いろいろ知りたそうな顔してますけど」

的確な指摘に、つい優彩は笑ってしまう。

「あの、ご結婚は？」

「してます。でも今は、別居状態なので、ほぼシングルみたいなものですね」

多くは語らず、冗談っぽい口調だったが、深刻さというか覚悟は伝わってくる。

すごい――。

不謹慎かもしれないが、素直な感想だった。とても同世代とは思えない。自分なんて求職活動もままならなかったのに、桐子は自分にしかできない仕事をし、女手ひとつの子育てにまで奮闘しているのだ。

「優彩さんは今、お母さんと二人暮らしなんでしたっけ」

「私ですか？　そうですね、母は寂しがりなんです。父が早くに亡くなった関係で、どうしても一人にしておけなくって」

優彩は簡単に、他に弟がいること、高校のときから一家を支えるのは自分しかいないという意識があったことを、かいつまんで話した。

「そっか……私たち、ちょっと似てるかもしれませんね」

「似てる？　まさか！　私なんて、仕事を見つけるだけでヒーヒー弱音を吐いて、情けないです。それに比べれば、桐子さんは自分にしかできない仕事をしながら、そのうえ子育てまで。真似できません」

「でも誰かのケアをしながら働いてるっていう意味では、同じでしょ？」

「それは、そうかな？　いや、違います、むしろ雲泥の差ですよ！　上手なたとえが見つからないけど……私が浅いプールで自由にばしゃばしゃ水遊びしてるとしたら、桐子さんは競泳用プールで各種目の泳ぎ方で、何往復もしているようなものです」

「なんですか、そのたとえ。全然わからない」

　桐子はおかしそうに笑った。

　初対面のときに感じたあのまぶしさは、優彩には計り知れない、大きなものを背負っているがゆえの、内から滲(にじ)みでる意志の強さにも由来していたのかもしれない。同じ女性でたったの四歳差なのに、こうも違うとは信じられなかった。


　新幹線に乗りこむと、通路をはさんだ二人席に座ったサラリーマン二人が、ネクタイをゆるめて缶ビールを開けはじめた。優彩たちは缶ビールを持ち込んでいなかったが、即席の飲み屋っぽい雰囲気がただよっていた。

「さっきの話なんですけど」

「はい」

「優彩さんは今まで、誰かのために必死に働いてきたわけですよね。画材店での仕事にしても、もちろん、優彩さんの好きなお店だったけど、でも生活のために、お金を稼ぐために選んだ道だった」

「言われてみれば、その通りかも」

「だったら、そろそろやりたいこととか、好きなことでお金を稼ぐっていうのを、考えてもいいんじゃないですか？　梅村トラベルなら、きっとそれができる気がします。だから、うちで頑張ってほしいな」

　思いがけない方向に話が転がって、優彩は改めて考える。

「やりたいこと……か。私、そんなこと、考えたこと一度もなかったかも」

「というと？」

「やりたいこととか言っちゃダメだって、自分で封印してしまうんです。だから、なにがやりたいのか、ずっとわからなくて……」

　桐子は眉をひそめながら、「う～ん、なるほど」と何度か肯いた。

「でも私自身も、このアートの旅の仕事をしたいって思ったのは、優彩さんくらいのタイミングでしたね。社会人になって、一段落してから、自分がやりたいことの見直しをしてみたんです」

「やりたいことの見直し？」

「はい。収入面とか関係なく、ずっと好きなことをしていいよって言われたら、なにがしたいかを考えました。そしたら、美術を見るためにずっと旅をしていたいっていうことに気がついて。ほら、旅先でアートに触れることって、自分を見つめ直すいい機会だと思うんです。つらいときには支えになるし、節目を迎えるタイミングでは、それまでの自分を肯定的にふり返ることができる。そんな経験を、誰かとしたいなって」

「それで、転職を？」

　桐子は肯いた。

「私自身、そういう時間が好きなのもあるし、誰かと共有してみたいと思ったんですよ。知らない土地で、想像もしなかった人類の叡智を目の当たりにすると、喜びで心揺さぶられる。人生の意味を見失いかけているときこそ、アートの旅は助けてくれるから」

「まさに、ユリイカですね」

　桐子は以前、有名なアーティストが何人も所属している、外資系の大手画廊に勤めていたらしい。優彩にはどうすれば就職できるのかも、てんで想像もつかない華やかな別世界だった。

「でも妊娠してしまった。はじめは母親になるにはまだ早いと焦ったし、キャリアに穴を開けたくなかったんです。産休育休も自分からほとんど要求しなかったので、私生活も体調もぐちゃぐちゃでした」

　車両はやがてトンネルに入り、速度や方向の感覚が失われる。

「ただ、それだけが転職の理由じゃなくて」

「他にも？」

　言葉を探すように、桐子は顎の辺りに人さし指を当てた。

「画廊で働いてたとき、ずっとモヤッとした感覚があったんです。たしかにアートの最先端の現場では、普通に暮らしているだけでは出会えないような、お金持ちや才能のある人とビジネスができて、すごく刺激的だったんです。でもその一方で、地に足がついていないというか、ずっと苛々していました」

「苛々、ですか」

　今の桐子からは想像もつかず、優彩は圧倒される。

「そう……でもあるとき、出張先の美術館で、民藝の作品を見たんです。それをきっかけに、なぜ自分が心落ち着かなかったのか、やっと理由がわかりました。私、一部の限られた人たちのために仕事をするんじゃなくて、もっとアートの裾野を広げたいんだって。あとは、お金や才能のある人にだけいい顔する職場の空気も嫌だったんですよね」

　桐子はまっすぐ前を見つめながら、迷いのない口調で断言した。

「やりたいことの見直しをはじめたときに、社長の梅村さんから誘われたのは幸運でしたね。梅村さんからアートの旅のアイデアを聞いて、私のやるべきことはこれだって確信したんです」

　優彩は思わず、感嘆してしまう。

　やっぱり桐子は、今まで出会ったことのないような人だ。信念がある。自分らしい目標を決めて、口先だけじゃなくブレずに行動して、実際にそれを叶えている。はじめて出会ったときに、まぶしくうつった本当の理由だった。

「桐子さんは、すごいです」

「そう？」

「だって今回の旅にしても、すべての行先に意味があって、しかも、飯尾さん父娘にぴったり合っていたじゃないですか。陶芸家の仕事場を見せたのだって、飯尾さんが飲食店を経営なさっていることと無関係じゃなかった。技巧的な上手さじゃなく、民藝のような素朴な美しさを実際に見て、麻花さんも勉強になったと思います」

「それを言うなら、優彩さんの方こそ」

桐子は遮るように、身を乗りだしてこうつづける。

「近代美術館でも記念館でも、うまく二人のことをフォローしただけじゃなく、心を閉ざしていた麻花さんの本心を引き出したじゃないですか。たぶん優彩さんがいなかったら、あの二人は喧嘩つづきの旅だったかもしれませんよ」

思ってもみなかった賞賛に、「そう……でしょうか」と優彩は面食らう。

「はい。じつは私、今日の優彩さんの姿を見ながら、梅村トラベルに勧誘してよかったなって実感してたんですよ」

「後悔させていなくて、安心しました。私てっきり――」

ふと自己否定の言葉を並べようとして、優彩は口をつぐむ。まただ。もう新しい自分になると決めたのだから、台無しにしてはいけない。

「いえ、そう言っていただけて嬉しいです。ありがとうございます」

丁寧に頭を下げて伝えると、桐子は「こちらこそ」と、とびきりの笑みを浮かべる。

「缶ビール、買っておけばよかったですね」

するとタイミングよく、車内販売の売り子さんが現れた。顔を見合わせたあと、二人同時に手を挙げて缶ビールを買い求める。プシュッと爽快な音を立ててから、優彩は改めて訊ねた。

「ところで……例の鍵のことなんですけど」

「あ、はい。さっそく使えました？」

「いえ、じつは、まだ……それより、桐子さんって小学校のとき、うちの近所にお住まいでした？」

「そうそう。私の父は転勤族だったので、あまり長くはいませんでしたが」

「やっぱり！　桐子さんとは一緒に登下校したり、掃除の時間に箒（ほうき）の使い方を教えてもらったりして、すごくお世話になったから」

興奮しながら伝えたのに、桐子はぽかんとした表情を浮かべる。

その表情に、優彩もぽかんとなった。お互いに記憶が薄れているせいなのか、それとも自分はなにか勘違いしているのか。異学年交流で出会った「きりちゃん」こそが、目の前のこの女性だと思ったのに。

「ゆっくりでいいです。思い出してもらえるまで、待ってますから」

おそらく気を遣って言われ、優彩は申し訳なくなり、意地でも記憶を掘り起こしたくなる。

「本当に情けないんですが……ヒント、お願いしてもいいですか？」

頭を下げると、桐子は楽しそうに答える。

「宝箱。あの頃、大切にしていませんでしたか？」

「……あ」

*

家の二階には、以前、弟が使っていた部屋がある。そこの押し入れには、優彩や弟の昔の持ち物が、母によって「捨てるのはいつだってできるから」と残されていた。久しぶりに開けてみると、油性ペンで大きく「優彩の私物」と拙（つたな）い字で記された、なつかしい段ボール箱があった。

何度も開け閉めされて、蓋（ふた）がボロボロになってはいるが、引っぱりだすと、卒業アルバムや地域のコンクールで賞をとった絵なんかが、雑多に詰め込まれていた。奥底の方に、それは埋もれていた。

幅二十センチにも満たないブリキの箱。もとはお菓子が入っていたのだろうが、地図やリボンを巻きつけられ、蓋にネジで南京錠を取り付けられたおかげで、世界にひとつしかない宝箱につくりかえられていた。その缶を目にした瞬間、記憶の底で眠っていた映像が再生される。

〝マイ宝箱〟だ——。

小学生だった優彩が、肌身離さず持ち歩いていたもの。家でも学校でも習い事に行くときさえも、鞄に大切に忍ばせて。しかしどこかで鍵を失くして以来、存在さえ忘れていた。

なにが入っているんだろう。

——やりたいことの見直しをしてみたんです。

なぜか、桐子の声が響いた。

忘れられながらも捨てられずに、ずっと自分を待ってくれていた〝マイ宝箱〟には、自分が見失いつづけてきた「やりたいこと」や「好きなこと」が、詰まっている予感がした。人知れず鍵をかけて、夢を守りつづけてくれたのでは。

緊張しながら、鍵を差しこむ。手応えがあって、南京錠がカチリと開く。

なかに入っていたのは、友だちと交換したキャラクターのシールや、ファンレターを送った漫画家さんから返ってきたサイン入りのハガキだとか、当時は後生大事にしていた宝物ばかりだった。

そして一番スペースを取っていたのは、身に憶えのない使い捨てカメラだった。スマホで撮影するのが当たり前になった今、あまり見なくなったが、昔はコンビニやキオスクで必ず売っていた、緑と茶色のパッケージでフラッシュも焚ける、一般的な使い捨てカメラである。

「なつかしい！」

声を上げて、小さなファインダーを覗きこむ。シャッターを押した音や、フィルムを巻くときのジャッジャッという感覚が、優彩は好きだった。

思春期の頃から身近にスマホがあった世代ながら、学校ではスマホを禁止されていたので、遠足に使い捨てカメラを持参した。子どもの頃は身近な道具だったが、成長してからは使う機会がめっきり減って長らく目にしていなかった。

鍵にせよ、使い捨てカメラにせよ、思わせぶりなアイテムばかりだ。桐子の正体を突き止めるためだけに、まどろっこしいヒントを追っていかなければならないなんて。でも不思議なことに、面倒さよりも好奇心の方が勝った。

上部の残数表示を確認すると、二十七枚中、二十五枚が撮影されていた。きっとどこかで使ったあと、現像に出すことなく宝箱に入れたままになっていたのだろう。十年以上前の代物なので期待できないが、ずっと缶で密閉されていたのだから、運がよければ現像できるかもしれない。

優彩はマイ宝箱に使い捨てカメラを元通りにしまい、一階に持って下りた。

夕食を終えてから、京都駅で購入した「よーじや」のギフトセットを手渡すと、母は思った以上に喜んでくれた。

「すごくいい香りね」

さっそくハンドクリームを手につけて、鼻を近づけている。

「喜んでくれて嬉しい。よーじやって、あぶらとり紙だけじゃないんだね」

「お母さんも知らなかったわ」

近くのスーパーでパートとして働いている母にとって手荒れは職業病であり、ハンドクリームが欠かせない。いつも薬局で安売りされたものを使っているので、よーじやのラインナップを見たとき、母のために買わずにはいられなかった。

「で、自分にはなにを買ったの？」

「自分に？　そんなの買わないよ」

「どうして？　せっかく京都に行ったのに」

「だって仕事だもん。時間ないし」

優彩が受け流すと、母は眉毛を八の字にした。

「そんなこと言って、お母さんにはわざわざ、こんな高級なプレゼントを買ってきてくれたじゃない。つぎは優彩自身にもお土産を買ってあげてね」

「うーん、まぁ、気が向いたらね」

優彩が目を逸らして適当に肯くと、母は「きっとよ」と念を押した。

「でも、よかったわね。新しく働きはじめた旅行会社が、意外といいところみたいで。今度、お母さんもご挨拶に行っていいかしら?」

「やめてよ、子どもじゃないんだから」

「そう? どんな会社なのかも正直まだ心配だし、手土産を持って、娘がお世話になっておりますって母親らしくしたいけど。梅村社長にも一度お目にかかりたいわ。桐子さんにもね」

「だから、やめてって」

母は思いついたように目を見開いた。

「桐子さんとどこで知り合ったか、お母さんが代わりに思い出せるかもよ?」

母には、梅村トラベルについて大まかに話していた。新宿に事務所を構え、家族経営のような体制で、社長は奥さんに頭が上がらないことなどを、母は楽しそうに聞いていた。桐子についても古い友人であり、今回の就職も彼女の誘いだったと報告したが、母も桐子のことを憶えていなかった。

「自分で思い出すからいい」

　冷たく返すが、母は構わずにつづける。

「そう？　じつはお母さん、優彩のアルバム全部ひっくり返してみたんだけど、桐子ちゃんっていう子は、どこにも見当たらなかったのよね。一応、地域の行事もふり返ったんだけど」

「もういいから！」

　強く言うと、やっと母は「はいはい」と黙った。

　母は寂しがりなうえに、とにかくマイペースだ。憎めない一方で、たまに面倒くさい。

　すると、机のうえに置いていたマイ宝箱に、母が目を留めた。

「あら、なつかしいわね、マイ宝箱じゃない」

「えっ、お母さん、憶えてるの？」

「もちろん。それ、造形教室の課題でつくったのよね」

「そうなの？」

「優彩ったら忘れちゃったの？　あなたって本当に、うっかりしているというか、おっちょこちょいなところあるのよね。桐子さんのことだって忘れてるし。でも間違いないわよ。その宝箱は、造形教室の授業でつくった作品で、ブリキの缶を持ち寄って、自分だけの宝箱にリメイクしたものなの」

「そっか……造形教室で」

　優彩は改めてマイ宝箱を見つめる。

「なかなかいい形のブリキ缶が家になくてね。お菓子屋さんやらデパートやらをお母さんと二人であちこち回って探したのよ」

「考えてみれば、造形教室なんてよく通わせてくれたね。お金なかったのに」

「昔から優彩は芸術的センスがあったのよ。それで、コンクールでよく賞をとっていた優彩を、造形教室に通わせることにしたの。好きなことなら人一倍伸びるだろうと思って。お母さん、偉かったでしょ？」

「ありがとう。でもそれ、お母さんが言う？」

　冗談で返したつもりだったが、母は急に真面目な顔つきになり、黙ってしまった。

「そうよね……ごめんなさい。今更言っても仕方ないのはわかっているけど、優彩には美大に行かせてあげられなくて、本当に申し訳ないと思ってる。お母さんのせいで、優彩の人生を大きく狂わせちゃったから」

　またその話か——。

　母は優彩が美大に進学しなかったことを、自分の責任だと思い込んでいる。でも大学に行かないと決めたのは優彩だ。予備校に通わずに受験するという度胸も、奨学金をとる根性もなかった。それ以外に理由はない。それなのに母は、いくら話しても、娘の複雑な心境を理解してくれない。

「いいって。今になってそういうの、言われても困るし」

「……そう。ごめんね」

母は悲しそうに言い、目を伏せた。この表情をされると、優彩は自分まで傷ついたような気分になる。父が闘病生活を送っていた頃、この顔を直視できず、ただただ怒りをぶつけたこともあった。

さっさと食事を済ませると、優彩は「今日は疲れたから、早く寝ます」と言って、風呂場に向かった。

第三章　碌山美術館、安曇野

「過去とサヨナラする旅」

　京都土産で買ってきた生八ツ橋の、最後の一切れをつまんだ梅村社長から、今月もう一度旅に同行してほしい、と優彩は切りだされた。あれからまだ一週間も経っていないが、梅雨がはじまるまでは旅行のベストシーズンとあって、アートの旅を組んでほしいという依頼が絶えないようだ。

　優彩はメモを持って、社長のデスクの脇に立つ。

「詳しくは、志比さんから説明してもらいますが、今度の依頼は女性の一人旅で、安曇野に行きたいという依頼です」

「長野県ですか」

「おや、安曇野というのは見るべきアートがたくさんあって、依頼もよくあるんですよ。だからあなたも行ってくるといいと思いましてね」

「ありがとうございます」

　メモをとりながら、優彩は頭を下げた。デスクで姿勢よく電話対応をしている桐子の姿を横目で見る。

梅村トラベルにはリピーターからの依頼も多いようだった。とくに桐子にはアート好きの幅広い人脈があり、同時並行で何組もの顧客を抱えているようだ。桐子自身は同行せずとも、海外へのツアーも多く企画している。

たしかによく考えれば、国宝や重要文化財の特別拝観、期間限定での展覧会の情報は、素人(しろうと)がくまなく網羅(もうら)することは難しい。また、関係者以外は入手しにくいアートフェアや芸術祭のチケットの手配を代わりに任せられるのも、ありがたいサービスだろう。海外となれば尚更だ。

つまり、桐子の知識や経験によって、アートの旅の仕事は成り立っていた。

手際よく抜かりない桐子の仕事ぶりは、優彩にとっても学ぶことばかりだった。京都からの帰りの新幹線で、彼女の信念について直接話してもらった経緯もあって、桐子とこうして働けることに意欲を新たにしている。

しかし一方で、あの使い捨てカメラのことが気になって仕方ない。

桐子はいったい何者なのだろう。

息子や夫がいることは打ち明けてもらったが、そういった母や妻としての立場を知ったところで、本当の意味で、桐子のことがわかったわけでもない。

実家に眠っていた〝マイ宝箱〟から発見された使い捨てカメラは、新宿駅近くの写真専門店に持ち込んでいた。その日カウンターで対応してくれたふくよかな体形の中年男性の店員は、慣れた手つきでそのカメラを確認したあと底面をこちらに見せた。

——ここに保証期限ってあるでしょう。

案の定、十年以上前の年月日だった。

——現像は難しいでしょうか？

店員は分厚い眼鏡を押しあげてから、早口で答える。

——もちろん、フィルムを現像することはできますよ。ただね、劣化してなにがうつっていたのかもわからないというのが、関の山だろうね。まぁ、試してみる価値はあるだろうけれど。ちなみに、どこで保管してました？

——押し入れのなかです。ずっとブリキ缶に入っていました。

店員がタメ口交じりなのは気になるが、ちょっといいですか、とふたたびカメラを手にとって入念に観察する目つきは、プロのものに思えた。

——確率としては、半々ってところかな。最善は尽くすけど、真っ黒になっていても代金はいただきますからね？

提示された金額は予算の範囲内だったので、ネットでの評判も高いこの専門店に賭けてみることにした。一週間後にとりに来てほしいという。

カメラを使ったのは、おそらく遠足かなにかだろう。マイ宝箱を持ち歩いていた時期に桐子と知り合ったのだとすれば、そこに入っていたカメラに昔の桐子がうつっている可能性は高い。当時の写真さえ見れば、桐子とどこで出会いどんな関係だったのかを思い出せるだろう。

受話器を置いた桐子と目が合って、優彩は小さく会釈をする。

「安曇野の件、聞きました？」と、桐子が訊ねた。

「はい、ちょうど今、社長から」

そのやりとりを見ていた社長が、「そういうことなんで、あとは二人でお願いします」と言って、デスクの上に並べてあった骨董品の手入れを再開させた。この日は、監視役の淑子もおらず、社長は居眠りをしたり、茶菓子を食べながら美術雑誌を読みふけったりと、いつも以上にのびのびと過ごしていた。

そんな姿を目撃するたびに、優彩は首を傾げてしまう。

勢いで就職したものの、この会社は大丈夫だろうか。社長の気まぐれで、とつぜん営業を止める、なんてことにならないか。だとすれば、ひそかに求職活動はつづけていた方が身のためだろうか。旅に同行する経験をさせてもらえてありがたい反面、経費が膨らんで赤字にならないか、と不安になる自分もいた。

「お仕事、慣れてきました？」

デスクに戻ると、桐子から声をかけられた。

「少しずつですが、おかげさまで」

優彩は当初、会社の業務内容を知るためにも、ホームページの更新を手伝っていた。ウェブ媒体での宣伝は、前職でも率先して担当していた経緯もあって、桐子や社長からも好評だった。前回、優彩が京都で撮った写真も、さっそくホームページにアップすると、数名の顧客からポジティブな反応があったらしい。今後、ＳＮＳでの発信もはじめることになり、優彩は広報を全面的に引き受けている。

「それで、安曇野の件について、資料をまとめてみました。今回、優彩さんには広報担当としても同行をお願いします」

「わかりました」

桐子から手渡された書類には、依頼人の基本情報、行先と旅程の案がまとめられていた。京都旅のときもそうだったが、桐子の企画書には、とても回りきれない数の行先の候補が、最初にリストアップされる。何パターンもの旅程を想定したうえで、いざ旅先で依頼人と会ってから、回るペースを決めるようだ。

行先の決め方について訊ねると、桐子は嫌な顔をせず答える。

「どんな旅でも成功の秘訣（ひけつ）って、あんまり決めすぎないことだと思うんです。当然、私たちは案内人なので隅々まで調べておく必要があるし、限られた時間のなかで効率のいい動き方を提案すべきです。ただし、あまりガチガチに旅程を決めてしまったら、お客さまもスタンプラリーみたいに感じてしまいますから」

「なるほど」

「不思議なもので、何ヵ所巡れたかっていうことに重きが置かれてしまうと、大切な部分を見失いがちなんですよね」

優彩はメモをとりながら、ふと思いつく。

「そういう旅の心構えというか、とくにアートを見にいくときのコツは、会社のホームページで紹介すると喜ばれるのでは？　たとえば、アートの旅ならではの荷物のラインナップとか、私のような旅行の初心者には、とてもありがたい情報に思えます」

「なるほど。では、ぜひやりましょう」

前向きな反応に嬉しくなって、あれこれと質問すると、下記が挙がった。

・図録を買うかもしれないので、スーツケースには余白を残しておく。
・美術館は空調がよく効いているため、とくに夏場は脱ぎ着しやすい上着を持っていく。
・筆記具は美術館で禁止のボールペンではなく、エンピツを用意する。
・作品を見て回るのに疲れないような歩きやすい靴にする。
・小さい子連れの場合、子ども向けのサービスも美術館には多いので、事前にチェックする。

「あとは、気持ち的なことですが、アートに対峙したときに、いろんなことを感じられるように、移動中には心休まる音楽や本を準備するのもいいかもしれませんね。その方が、鑑賞に集中できそうな気がします」

「たしかに」

優彩はメモをとりながら、大きく肯く。

「私も今、優彩さんと話すまで意識していませんでしたが、そう考えれば、アートの旅ってなにかとコツがありますね」

「本当ですね。あと、たとえばカメラとかどうです？　やっぱりアートといえば、写真撮影じゃないですか。今時はスマホで撮影できちゃいますけど、桐子さんはなにか工夫とかなさってますか」

「そうだな」と言って、桐子はしばらく考え込む。「アートの旅に限ったことじゃないかもしれないけど、私はスマホじゃなくデジカメを持参してますね。いちいちスマホからアップロードするのが面倒だし、シャッター音も邪魔になるので。でも旅って、写真を撮らなくちゃいけないっていう意識に囚（とら）われがちですが、じつは案外、そんなに大事じゃないんですよね。大切なのは、五感で感じることですから。ファインダー越しにばかり眺めていたら勿体ないと思います」

「それは、すごくいい言葉です」

他にも、アートの旅に限った情報ではなくとも、旅に出る心構えとして勉強になることばかりだった。

手帳にメモするうちに、優彩はやる気が湧いてくる。やっぱりこういう情報は、旅への意欲をくすぐる。自分のような旅行初心者の失敗談なんかも、ホームページで紹介したら楽しそうだな、と優彩は前向きに思った。

*

目が覚めると、高速バスの窓の向こうは別世界だった。

田植えされたばかりの田んぼと、遠くの方に北アルプス。

山頂ではいまだ積雪が青い空に白くけぶっているが、ふもとの方はあざやかな新緑が芽吹いている。

通路際に座っていた桐子は、もっと前から起きていたのか、イヤホンをはずしながら「そろそろですね」と声をかけてきた。

「すみません、私ってば眠ってしまって」

「いえ、私もけっこう寝ましたから」

明け方に家を出発し、朝七時台発の新宿駅から白馬（はくば）行の高速バスに乗りこんだ。電車で向かうこともできたが、乗り換えの手間や所要時間、そして料金の兼ね合いから高速バスが一番だった。はじめは片道四時間も座りつづける大変さを危惧していたが、シートはゆったりとして座り心地もよく、コンセントも完備されてトイレもきれいだった。

安曇野穂高（ほたか）で降りたつと、心地いい風に包まれる。東京より涼しく、空が広くて新緑の香りがする。準備していた薄手のコートを羽織って、徒歩十分のところにあるレンタカーの店舗に向かう。手続きをして、軽自動車を借りた。

桐子の運転は、レンタカーとは思えないくらい、安定していて判断も早かった。なんでも桐子は、事前に道をよく調べていたうえに、そもそも旅行会社に勤めるに当たって、公用車に乗る人用の講習に通い直したらしい。

ふたたび穂高駅へと戻ると、正午ちょうどだった。

お寺のように重厚な瓦屋根と木造の駅舎の前で、スーツケースを持った一人の女性が立っていた。

「雪村文子（ゆきむらふみこ）さんですか？」

車をロータリーに停めて声をかけると、「はい、よろしくお願いします」と上品に頭を下げられた。首に巻いた黄色いスカーフが、文子の笑顔を華やかに演出している。

六十代後半の文子は、甲府市在住であり、ここまで一人、電車でやってきたという。一泊の旅行にしては、大きなスーツケースを携えている。他にどこか寄るのか。それとも、単に旅慣れないだけか。視線を感じたらしく、言い訳するように文子は言う。

「今日は、とっても楽しみにしてきたので、つい荷物が大きくなっちゃって」

お気持ちはよくわかります、と優彩は思わず肯く。

「問題ありませんよ、今日はずっと車移動ですから」と、桐子は笑顔で答える。「さっそくお積みしていいですか？」

「お願いします」

後部座席に乗りこんだ文子は、革のトートバッグ――一見シンプルな造りだが、ハイブランドのロゴがちらりと目に入った――を膝のうえで行儀よくぎゅっと握りしめて、どこか緊張した面持ちで背筋を正している。車を発進させてからも、ずっと無言で窓の外を眺めていた。

まず辿（たど）りついたのは、桐子がおすすめする蕎麦屋（そばや）だった。

信州で蕎麦が有名なのは、冷涼な気候や山脈に挟まれた土地柄が栽培に適しているためであり、また、修行僧の携帯食として広まったかららしい。桐子はレンタカーを運転しながら、そんな話をぽつぽつとした。

この日選んだ店は、前回安曇野の美術館巡りをしたときに出会ったという。

「たまたま店主の奥さんが、安曇野ちひろ美術館のボランティアをなさっていたんです。ちひろ美術館は、信州に縁がある絵本作家いわさきちひろの代表作や、世界各国の絵本が展示されている場所なんですが、そこでずっと絵本の読み聞かせをされている方です。おすすめのお食事処を訊ねたのがきっかけで、知り合いになりまして」

到着したのは、山間に近く周囲が田んぼや畑になった場所だった。「そば」という看板がひっそりと掲げられている以外、表通りからは店構えが見えない。それでも駐車場には何台か車が停まっていて、地元の人気店らしかった。事前に予約していたのでスムーズに席に案内された。

お品書きを見て、桐子と優彩は同時にとろろ蕎麦を選んだ。文子はしばらく迷っている様子だったが、気を遣ったのか「私も、同じもので」と小さな声で言った。

「お好きなものになさってくださいね？」

「あ、いいんです。こういうのを決めるの、けっこう苦手なので」

肩をすくめる文子を見つめながら、優彩はどうして一人旅に出ることにしたのだろうと興味を惹かれた。

「それにしても、お二人はお若いですね。私の娘くらいかしら」

「娘さんがいらっしゃるんですね？」と、桐子が訊ねる。

「ええ。もう、よそに嫁いで、孫もいるんですが」

独り言のように呟くと、文子は窓の向こうの手入れされた日当たりのいい庭に目をやった。こちらはなにも質問していないのに、こう告白する。

「一人旅に出るのは、じつは人生ではじめてなんです。だから、このツアーに申し込んだのも、自分としては、かなり思い切った決断でした。ずっと専業主婦で、家族のために生きてきたので。夫も子どももいないなんて、奇妙な感じがします。まぁ、お二人には想像できないでしょうね」

文子の口調に皮肉めいたものはなく、むしろ恐縮しているような、あらかじめ予防線を張っているような響きがあった。自分のこれまでの人生を卑下している感じさえあった。文子は言葉を選びながら、ここだけの秘密を打ち明けるようにつづける。

「家族のために生きていると、自分一人で決断することが、とても下手くそになってしまうんです。つねに『あなたはどう思う?』って、助けを家族に求めてしまう悪い癖がついてしまって。そういうのって無自覚だからこそ、厄介なんですよね」

そこまで話すと、文子はハッと口元を手で覆った。

「すみません、私ってばいきなり暗い話をしてしまって。家族と離れて、急に心細くなっちゃったかな」

「いいえ、全然」

桐子は手を横に振って、運ばれてきたあたたかいお茶を文子にすすめた。香ばしい麦茶を飲んで、一息ついてから桐子は訊ねた。

「それでも、お一人でアートの旅に出ようと思ったのは、きっかけでも？」

そうねぇと呟いて、文子は湯呑を両手のひらで包みながら、テーブルの上に置く。彼女の歩んできた人生を象徴するように、きちんと化粧されながらも皺や染みを隠せないその目元は、これまでのことをふり返っているのか遠くを見つめていた。

「ある日ね、漠然と不安になったんですよ」

「不安に？」

「ええ。子どもも独立して孫も可愛くて、両親の介護にも区切りがついて、楽になったんじゃないって、まわりのお友だちからは羨ましがられるんですけど、私は逆に、やっと一息つけた半面、心にぽっかり穴が開いたような気がしたんです。そう、穴なんです。古いタイヤがパンクするみたいに、それまで忙しく気を張っていた心が、突然しゅーって力の抜ける感じ？　うまく言えないんだけど」

文子は困ったようにほほ笑んだ。

文子のふくよかでいて不安げな表情を見ていると、優彩は自身の母のことを思い出してしまった。状況は全然違うけれど、母もまた、父が死んだときに、心に穴が開いたのかもしれない。

「このあいだもね、人間ドックにいったら、なにかと問題が見つかって、娘にずいぶんと通院で迷惑をかけちゃったんです。今まではみんなを心配する側だったのに、気がつけば、みんなから心配される側になっている。あー、もう人生をたたむ時期なんだなって実感しましたね」

「そうでしたか」

相槌を打つ桐子の傍らで、優彩は妙にしんみりしてしまう。

人生をたたむなんて、優彩にとっては遠い未来の出来事に思えるが、じつは長生きすれば例外なく誰しもにやってくることだ。それに、年をとれば欲がなくなり、いろんなことが楽になるのだろうと当たり前に思っていたが、本当は違うのかもしれない。残された時間をそれぞれに闘(たたか)いながら、漠とした不安とともに生きている。それは自分のような世代と、なんら変わらない。

麦茶をすすったあと、文子は決意するように言う。

「だからこそ、アートが見たくなったんです」

「だからこそ、ですか」と、桐子が眉を上げる。

「はい。昔から美術館に行ったり、美術品を見るのが好きだったんですけど、今までになく強く見にいきたいって思ったんですよね。アートって、自分の人生を見つめ直すきっかけをくれるから。道に迷ったときに光を照らしてくれる存在っていうか」

桐子は「わかります」と肯いてから、こう訊ねた。

「安曇野をお選びになられたのは、なにか思い出でも？」

一瞬、文子が息を止めるのがわかった。

なにかを躊躇するように「そうですね」とだけ答える。ちょうどお膳にのったとろろ蕎麦が三人前運ばれてきたので、会話はそこで中断した。

ざるに盛られたつややかな蕎麦の麺に、たっぷりと白いとろろがかかり、金箔が散らしてあった。つゆにつけて食べると、たしかな歯ごたえがあり、口のなかいっぱいに風味が広がった。甘さ控えめのつゆもよく合う。小鉢になっていたワサビの芽も、季節を感じさせる絶品で、大満足のランチだった。

おいしいものを食べたおかげか、文子の緊張もほぐれたようだった。店を出る頃には笑顔も増えたように感じる。アートの旅に出る動機は本当に十人十色であるが、改めて文子が申し込んできたきっかけを知った今、よい旅にしたいという気持ちを強めて、優彩たちはいよいよメインの行先である碌山美術館に向かった。

＊

穂高駅からつづく線路の踏切近くで、新緑に隠れるようにして、碌山美術館の入り口があった。受付を済ませてふり返ると、ケヤキなどの信州らしい樹木が枝葉を高く伸ばしている小道の向こうに、何度か写真で目にしていた三角屋根の碌山館が佇んでいた。

一見、深い森のなかで信者たちがひそかに祈りを捧げにやってくる教会のようだった。

「讃美歌が聞こえてきそうですね」

思わず呟くと、桐子はこう説明する。

荻原碌山は青年期に洗礼を受けており、碌山美術館を設計した今井兼次という建築家もまた、カトリック教徒として多くの教会建築を残しているのだとか。

「でもよく見てください。あれ、十字架じゃないんです」

指をさした先を見ると、聖堂を思わせる尖塔から伸びているのは、十字架ではなく風見鶏だった。桐子が指した先を見て、優彩よりも先に「私、ずっと教会だと思っていました」と驚いて見せたのは、なぜか雪村文子だった。

「雪村さんは以前にも、この美術館にいらしたことが？」

気になって訊ねると、文子は恥ずかしそうに肯く。

「そうなんです。ずいぶんと昔なんですが。まだお二人も生まれていない頃ですね」

口調は明るいが、碌山館を見つめる文子の目には、うっすらと涙さえ浮かんでおり、ここは彼女にとって特別な場所のようだ。どんな思い出なのか気になるが、今は静かに文子のことを見守ることにした。

緑色の蔦に覆われた建物の面構えを見上げながら、優彩はこの場所に流れてきた時間の長さに思いをはせた。

　近くに生息する木々を見ると、秋は紅葉、冬は深い雪に埋まり、それが解けると桜が開花するようで、四季折々の姿を想像できる。

「外壁の煉瓦は、あえて不揃いのものを選んだそうですね。黒ずんでいて不揃いな〝焼きすぎ煉瓦〟と呼ばれる素材が使用されています」と、桐子。

「それは、どうして？」と、文子が訊ねる。

「建築家の今井が、一様につくられたものでは物足りない、と考えたそうです」

　おかげで建築は、安曇野の自然のなかにうまく溶け込んでいるように思えた。見惚れていると、タイミングよく塔の鐘が鳴りはじめる。しばらく木漏れ日のなかで、山里に響く美しい音色に耳を澄ませた。

「ちなみに今井は、サグラダファミリアから大きな影響を受けたと言われていて」

　ガウディがバルセロナの地に構想し、いまだ長い建設計画の只中にあるサグラダファミリアは、世界でもっとも有名な現代の教会だ。

　今井は他にも、長崎市の日本二十六聖人記念館や聖フィリッポ教会をデザインし、高く評価されているという。この教会風の美術館も、今井の代表作のひとつで、平成に国の登録有形文化財に指定されていた。

「なるほど。それで、教会ではないけれど、どこか教会を思わせるような建物がつくられたわけですね」

感じ入っている文子と優彩に、桐子は敷地内の地図を手渡した。

敷地内には、碌山の彫刻が展示された碌山館の他、彼の絵画を集めた杜江館、高村光太郎ら同時代の芸術家の作品が並ぶ展示室もあるという。

「豪華な作品が、ずいぶん沢山あるんですね」

優彩がなにげなく呟くと、桐子は「そうなんです」と肯く。

「この美術館って、すべてが愛にあふれてるんです」

「愛、ですか」

文子がハッとしたように、桐子の方を見て言った。

「はい。たとえば、高村光太郎も含めた碌山の友人だった作家のグループが、碌山の美術館が開設されると知って、安曇野に合う作品をつくって寄贈してくれたそうです。愛された彫刻家だったんでしょうね」

桐子はつづいて、こんな経緯を話しはじめた。

碌山美術館が建てられたのは、碌山が三十歳という若さで亡くなってから、五十年近くが経った一九五〇年代だったが、戦争の傷跡はまだ生々しかった。

それでも、地元の教師たちが、碌山の芸術を長野の子どものために守りつづけたいと、その生家に日夜通って方法を考えたという。

当然、貧困にあえぐ人が多かった時代、文化芸術に使うためのお金はほとんど集まらなかった。建設の計画を練っても、資金難に悩まされた。碌山美術館は、自治体や一人の篤志家によってつくられるわけではなかったからだ。

それでも、郷土の偉人、荻原碌山の作品を後世に伝えたいという想い、ひいてはこの地に文化のシンボルをつくりたいという夢が、懸命な募金活動に結びついた。結果として、三十万人近くの老若男女から寄付が寄せられた。

建設地には、地元の穂高中学校の一部が提供された。手作業で行なわれた工事では、小中学校に通っていた子どもたちも、汗水垂らして瓦リレーや石運びを手伝ったという。まさに多くの人の祈りが捧げられた〝教会〟だった。

風が吹いて、茂ったばかりの木々の葉のざわめきと、小鳥のさえずりが聞こえる。さわやかな空気が心地いい。真っ白な花が満開になったツツジやヤマボウシ。庭の草木はよく手入れされ、親切にいくつも設置されたベンチでは、来館者が森林浴をしている。

そんな美しい光景を眺めながら、その祈りは、今もずっとつづいているのだろうと優彩は思った。

館内に入ると、他の来館者はいなかった。

灰色がかった壁に囲まれた天井の高い空間に、十数体のブロンズ像が、それぞれの高さに合わせた台座に展示されていた。

ステンドグラスや窓の形など、教会を思わせる室内に、ヨーロッパで学んだ碌山の彫刻作品は、どれも調和がとれて、静謐な空気をかもしていた。煉瓦造りの床に、足音がコツコツと響く。

ここには祭壇も十字架もないけれど、夭折した彫刻家、碌山が生みだした作品こそが信仰の対象であるようにも思えた。

優彩がとくに目を奪われたのは、《女》という裸婦像だった。

縛られるように、両腕をうしろに組んで、両膝をつき、背筋を反るように天を仰いでいる。拘束されつつも自由を追い求めるような、苦しみと希望の両方が感じられる。見る角度によって、その表情は変化した。

たとえば、身体の正面にまわってみると、天へと高く突きだした顎から首にかけての美しいラインが強調されて、裸婦が恍惚としているようにも思える。一方、顔の正面に立ってみると、ゆがめられた表情が際立って、立ちあがろうとしてもできない、そんな不自由さに煩悶していることが強く伝わってくる。

一人の女性の身体に秘められた喜怒哀楽が、らせん状に渦を巻いて、見る者を圧倒するような一点だった。

「大丈夫ですか？」

桐子の声がしたので、ふり返ると、文子がハンカチで目頭を押さえていた。しかも、感動してホロリと流すような控えめな涙ではなく、今にも嗚咽しそうに肩を上下させていたのである。

桐子と優彩は驚きながらも、文子に休憩を促す。

「……大丈夫です。ちょっと、昔のことを思い出して。いろんな感情が押し寄せてしまったんです」

「そういうとき、ありますよね」

「すみません、本当に」

「いえいえ。ひとまず、少し休みましょうか」

碌山館を出ると、木陰になった道の脇に、ちょうど木製のベンチがあって、文子に座ってもらった。文子の涙はもう止まっていて、「急に取り乱して恥ずかしいです」とくり返し頭を下げ、彼女自身も驚いているようだった。

文子はそれから黙って碌山館を眺めたあと、深く息を吐いた。

「以前、ここに来たときは真冬でした」

「雪が深そうですね」

桐子が言うと、文子は「本当に」と肯く。

「朝からボタン雪が舞って、すべてがモノクロでした。碌山館の三角屋根も小道も木々も、信じられないくらい真っ白だったんです。そんな日に美術館に来るような人は、他に誰もいなかった。とても静かで、ただ雪が降りつもる気配だけがしていました」

「お一人だったんですか？」と、桐子は訊ねる。

「いいえ、当時の恋人と一緒でした。こんな天気でも開館してくれていてよかった、と言いあったのを憶えています。むしろあの日、ここが閉まっていたら、私たちはすることもなく行く当てもなく、ただ途方に暮れていたかもしれません——」

文子はなつかしそうに過去について語った。

甲府市内でも比較的、裕福な家庭に生まれ育った文子は「箱入り娘」だった。

「世間のことなんてなにもわからなかった。不満はあっても、それが親に守られているからこその贅沢な悩みだっていうことに気がつきもしないくらい、甘やかされていたんだと思います」

そう文子は語った。

女子短大に入っても実家通いで、弁当までつくってもらっていたという。

そんな文子に人生の転機が訪れたのは、大学二年生の夏だった。

繁華街にある小さな喫茶店で、ウェイトレスのバイトをはじめることにしたのだ。お小遣いを稼ぐためというよりも、社会勉強の一環だった。短大を卒業すれば、見合いをする予定なので、社会で働く機会はなくなる。その前に、一度でいいから働くということをしてみたかった。

「その喫茶店の常連客だったのが、彼でした」

気まぐれに、週に二、三回ふらりと現れる彼は、十歳以上年上に見えた。定職についている気配はなく、髪もボサボサで、身なりもきちんとしているとは言い難かった。そんな彼から、文子は声をかけられた。

はじめは店のメニューや天気のことなど、他愛もない世間話を交わすだけだった。彼は見た目とは裏腹に、優しくて話しやすかった。文子は次第に、彼と話すことが楽しみになった。話すうちに、彼は芸術家志望であると知った。

「東京の美大を出て、地元に戻って、作品制作をつづけていたんです」

作品を見にいくという口実で、文子は彼の家にもお邪魔した。彼の両親はどちらも早くに亡くなり、彼は一人で実家に暮らしていた。多少のお金を相続したものの、ずっと生活に困らない額ではなく、その生活が貧しいことはすぐにわかった。それでも、彼のつくる作品に心惹かれた。

「具象彫刻でした。まさに、碌山に憧れたような。恥ずかしながら、彼の作品のモデルをつとめたこともあります」

しかし当然、両親からは反対された。二人の関係を知った両親は、一刻も早く別れる

「両親としては、彼が定職についていないことや、その日暮らしの生活をしていることが理解できなかったんです。大切に育てた一人娘がそんな男と結婚するなんて、耐えられなかったんでしょうね。まぁ、私も親になって、その気持ちはよくわかりますが」

喫茶店でのバイトも辞める羽目になったが、どうしても、文子は彼との関係を諦めきれなかった。

その一方で、彼に両親から関係を反対されていることを伝えても、彼は仕事を探してはくれなかった。あくまで芸術に集中したい、くだらない労働で時間を無駄にするわけにはいかない、というのが彼の言い分だった。文子としても、彼のやりたいことを尊重したいし、自分のせいで彼の人生を変えていいのかもわからなかった。

「こんなにも恋がつらいものだったとは、私は知りませんでした。よくある若気の至りといえば済んでしまうし、愚かだったとも思います。でも世の中の恋なんて大多数が、そういうものなんでしょうね」

文子は寂しそうにほほ笑んだ。

そんなときに彼から誘われたのが、安曇野への旅行だった。

別れを告げるつもりなのだろうか――。

わからないことだらけだったが、文子は断れなかった。

一月の山々は雪にすっぽりと覆われ、移動するのも一苦労だった。

彼は、連れていきたいところがある、と文子を碌山美術館に案内した。静かな館内で二人はほとんど言葉を交わさなかった。ただ文子は、この旅が終われば、自分たちの恋も終わるという予感がした。

「彼はここで愛を誓うつもりだったのか、今となってはわかりません」

文子は、教会のような佇まいの美術館を見つめながら、そう呟いた。

「初恋だったんです。あんな風に、自分じゃどうにもできなくなるくらい、誰かを好きになったのは、私の人生で最初で最後でした。でも同時に、頭のどこかでこの関係はずっとはつづかないんだなって、諦めてもいたんです」

「なぜです？」と、桐子は訊ねる。

「彼と恋愛をしているあいだ、友だちからもずっと暗い顔をしてるよって心配されていたからです。実際、春が来る前に私たちは別れました。甲府に帰ると、親からもこっぴどく叱られて、外出禁止になって。そのまま短大も辞めて、見合いをさせられました。旅先での予感は的中したわけです」

文子は悲しそうに笑った。

「でもなぜかこの年齢になって、ふと思い出すことがあるんですよね」

「相手の男性のことをですか？」と、桐子。

文子は首を横にふった。

「というよりも、当時の若かった自分を、ですかね。もっと言えば、今ではもう絶対に体験することのできない、情熱みたいなものでしょうか」

――はじめては一度きり。

いつだったか、行きずりの人にもらった言葉がよみがえった。

文子はそのことに寂寥をおぼえて、過去と折り合いをつけるために、この旅に出たのだろうか。それとも、旅に出たからこそ、もう二度と戻れない過去を見つめ直さずにいられなかったのか。

「未練があるとか、また会いたいとかじゃないんです、まったく」と、文子は切り替えるように明るく言った。「その相手がどこにいて、なにをしているのかわからないし、知りたいとも思いません」

「では……さきほどの涙の理由は？」

桐子が訊ねると、文子はしばらく黙ったあと、呼吸を整えてから答える。

「前に見たときは、すごく苦しそうで、直視するのもつらく感じたんです」

文子の見つめる先には、《女》のある碌山館があった。

「でも今は、もっと希望というか、すごく複雑な意味を持っている印象を受けます。苦しそうだけど、強くてたくましい。それは季節のせいもあるかもしれませんね。あとは、私自身が変わったせいだと思います。同じ作品でも、受け手の状況、心持ちによって、全然違うことに驚きました」

たしかに裸婦は両手をうしろに縛られながらも、光源である窓の方に向かって、まっすぐ見つめて立ちあがろうとしている。

「それに、どんなに年月が経って、自分は老いて皺だらけになっても、作品だけは変わらず、ここに在りつづけていた。一瞬タイムスリップしたような感覚をおぼえると同時に、巻き戻せない時間の長さに、ただただ打ちのめされましたね」

文子は目をつむって、胸の辺りに手を当てながらつづける。

「だから、あのとき、この場所で、もし違う選択をしていたらって、そんなことも思うんです。もし、あの人にもっと自分の気持ちを伝えて、途中で逃げずに、最後まで関係をつづけていたら……もっと言えば、信州からの旅のあと、両親から言われるままに見合い結婚しなければ、もっと違う私になれたんじゃないか、とか……今までの人生は、本当に正しかったのかな、とか」

その問いは、建ち並ぶ教会建築をすり抜けて、安曇野の空に消えた。

木漏れ日の石畳を進んで、絵画が展示されている杜江館に向かった。修道院、もしくは森の小さな学び舎（や）を思わせる、煉瓦造りのシンプルな建物だった。なかに入ると、目線の高さにずらりと等間隔で絵画が並んでいた。

青年期に安曇野の自然を写生したドローイング、留学時代に海や港街を描いた油絵、帰国後に制作した知人たちの肖像画、そして《女》のエスキース。

晩年に描かれた絵画群の前で、文子は口をひらいた。

「あの……ひとつ訊いても？」

「もちろんです」

「碌山はどういった人生を歩みながら、ああいった彫刻作品をつくりつづけたんでしょうか？　思い入れのある場所なのに、よく考えれば、私ちゃんと碌山のことを調べたことがないんです」

そうでしたか、と桐子はほほ笑みを浮かべて答える。

「じつは碌山もまた、恋愛に悩んだ人なんですよ」

文子は顔を上げて、「えっ、そうだったんですか」と何度か瞬きした。

「はい。だから、この《女》も含めて、碌山の作品には、じつは女性への秘めた恋心が隠されていると言われています」

桐子は淡々と解説をつづけた。

碌山は、まだ守衛と呼ばれていた十八歳のとき、安曇野に嫁いできた三つ年上の美しき女性、相馬黒光と出会った。その頃、碌山は芸術家になるという夢とも出会っておりず、身体は弱く病気がちで、なんとか農家の仕事から逃げては、アルプスの山嶺（さんれい）や田園風景を気ままにスケッチする日々だった。

――絵がお好きなの？

そう声をかけてきたのが、パラソルをさして都会的な洋服を着た女性である。明治三十年の出来事だった。安曇野に洋装の女性はほとんどいない。噂（うわさ）に聞く、相馬家のお嫁さんに違いない。

――暇なときに描いているだけ。普段は忙しい。

地元でも有名な豪農の奥さんで、会ったことのない美しく聡明（そうめい）そうな女性に、碌山はたじたじになりながら答えた。

一方、黒光は、こんな田舎でスケッチをしている青年がいるなんて、と興味を抱いた。そして、なにも知らなそうな純朴な彼に、自宅から油絵を持ってきて見せた。それは黒光が相馬家に嫁ぐときに、結婚祝いとしてもらった一点である。

青い空の下で、ゆったりと流れる川に浮かぶ舟と、河川敷に生育する木々や草をはむ牛を描いた風景画だ。平和でのどかな景色は、水の豊かな安曇野にも共通する魅力があって、碌山はその絵に心惹かれた。

以来、碌山は美術に魂を奪われ、愛するようになる。

そんな碌山を導き、少しずつ開花していく才能を応援したのが、相馬黒光だった。姉のように屈託なく接してくれる黒光に、碌山も心を開いていく。黒光との語らいは、彼にとってなによりもの刺激になった。

しかし黒光は、碌山が尊敬していた地元の先輩、相馬愛蔵（あいぞう）の妻であり、それは決して叶わぬ恋だった。

「そのことをふまえて、当時のスケッチを見ていると、初恋の人を喜ばせたいっていう気持ちがあふれていませんか？」

桐子の問いかけに、文子は肯く。

「そう言われれば、甘酸っぱい青春の香りがします」

「でしょう。そうして碌山は画家になる夢を叶えるために、十九歳で上京するんです」

「黒光への想いを断ち切るためでもあったのでしょうか」

文子の指摘に、桐子はあいまいに肯く。

「かもしれません。でも他ならぬ黒光のために、夢を追いかけたとも考えられますよね。個人的には、そうであってほしいと思います」

さらに碌山は、ニューヨーク、パリへと渡り、現地の美術学校で好成績をおさめ、ついにロダンとの出会いを果たす。

自分は彫刻をやりたい——。

そんな決意とともに東京に拠点をうつし、夏目漱石（なつめそうせき）の小説から「碌山」という名前をもらって、彫刻家として活躍していく。

しかしその心からは、どんなに離れていても、黒光の存在が消えることはなかった。

「同じ頃、黒光も東京、新宿で夫とともにパン屋をはじめていましたが、相変わらず美術好きで、芸術家の支援も行なっているんですよね。海外から戻って芸術家として一回り成長した碌山と、運命的な再会を果たすんです」

当時、黒光は夫の不貞に悩んでいた。そこに、かつて自分を慕ってくれた才気あふれる碌山が現れる。きっと心は揺れただろう。それでも黒光は、碌山の作品制作を支援することはあっても、碌山の愛にこたえることはなかった。

やがて碌山は、黒光への叶わぬ恋のつらさと、どうすることもできない黒光自身の苦しみを、作品のなかで表現するようになる。

そうして生まれたのが、あの《女》だった。十二月からはじまった制作は、凍えるような冬を越えて、春の訪れを感じさせる三月に完成した。わけても寒い夜には、碌山は自身の服を像にかけて凍結を防いだという。

「完成からわずか二十日ほど後、碌山は喀血して倒れ、亡くなってしまいます。三十歳という若さでした」

情熱的でロマンにあふれた碌山の人生に、優彩はしばらく思いを馳せた。

文子からの提案で、改めて碌山館に戻り、《女》を鑑賞することになった。同じく展示室にあった《文覚（もんがく）》と《デスペア》という二点と合わせて、「恋の三部作」と呼ばれているという。

たとえば《文覚》は怒りに満ちた表情で腕組みをする筋骨隆々（きんこつりゅうりゅう）な男性像であり、恋した人妻を誤って手にかけてしまった平安時代末期の僧侶、文覚がモデルになっているのだとか。また、《デスペア》は地面に崩れ落ちて絶望する女性像だった。

そして、《女》――。

「こうして見ると、この像は、碌山自身なのかもしれませんね」

たしかに文子の言う通りだった。手足の動きもままならぬ女性が、立ちあがろうとする姿は、どんなに遠く離れても断ち切れず、死ぬまで抱きつづけた黒光への愛に悩む碌山自身の心となにより重なる。

「そうですね。一般的にも、碌山は人妻への報われぬ恋に苦しんで、この作品をつくったといわれています。でも、私には、実のところ碌山は、男でありながら女の苦しみを背負っていたようにも思えるんですよね」

「女の苦しみを？」

「ええ。愛する女のために。あるいは、そうした悶（もだ）え苦しみこそが真の芸術となるのだと知っていたとも言えます。実際、碌山によって彫刻は、さらなる高みへと突き動かされましたから。だとすれば、碌山の芸術家としてのしたたかさも感じられます」

冷静な口調で、桐子は像を見ながら結論づけた。

ひょっとして、彼はそのことを、文子に伝えようとしたかったのでは——。

そんな考えが頭をよぎったが、優彩は口には出さなかった。

文子はただ、碌山の《女》を見つめていた。

＊

碌山館を出ると、影ものびて薄暗く、肌寒くなっていた。

受付付近の小道には、碌山の《労働者》が野外展示されている。ロダンに影響を受けたことがよくわかる、頬杖をついて物思いにふけるような姿勢をとった男性像だ。《労働者》の近くで草むしりをしていた、高齢のスタッフから声をかけられる。

「ご来館ありがとうございました」

それまで蕎麦屋でも受付でも、地元の人と積極的に話そうとしなかった文子が、思いがけず答える。

「素敵な庭ですね。ずっと管理をなさっているんですか？」

「ええ。もともと地元の教員でしてね」

そうですか、と目を丸くしたあと、文子は深々とお辞儀をした。

「久しぶりにこの美術館に来られて、本当によかったです。時が止まったような気分になりました。どうもありがとうございます」

「それはよかった。また来てください。ここはどこよりも、四季を感じられる場所ですからね。季節によって、まったく表情が違うんですよ。春先に芽やつぼみがふくらんで、秋には木々が葉を落とす。雨上がりには、虹が出る。自然から吉報が届いてくるようで、嬉しく幸せな気分になりますよ」

汗をふきながら男性は言い、文子は「楽しみです」と笑顔で答え、名残惜しげに碌山館をふり返った。

駐車場まで歩きながら、桐子は提案する。

「もう一軒くらい、美術館に行かれますか？　ここからなら、まだちひろ美術館は間に合うと思いますが」

しかし文子は丁重に断った。

「今日はもう十分です。むしろ、碌山美術館との再会の余韻に浸りたいと思います」

「わかりました」

「代わりに、家族への土産を買いにいっても？」

「もちろんです」

老舗の菓子店でも、文子はそれまで以上に自然な笑顔を見せてくれた。ふたたび車に乗って宿泊先まで送っていくと、別れ際に「これ、お二人に。お荷物かもしれませんが」と言って、安曇野に咲く可憐なりんごの花を模した、ミルクまんじゅうの箱が入った紙袋を手渡された。

遠慮しようとする桐子に、文子は真剣なまなざしで訴える。

「お二人にはすごく感謝しているんです。この旅を終えて日常に戻ったら、新しい自分になりたいと思えました。これまでは毎日夫や子どものために忙しく過ごしていたけれど、自分自身のために人生を歩んでいきたい。自信はないけど、お二人に背中を押してもらえました」

桐子は紙袋を受けとったあと、頭を上げて言う。

「お言葉ですが、それは違うと思います」

「えっ？」

「なぜなら、文子さんはもう、一歩踏みだしていらっしゃるからです。私たちの力を借りてではなく、ご自身の力で、です」

「そう……かしら」

「はい、このアートの旅に申し込んでくださった時点で、もうご自身のために変わろうとしている。私には十分、そのことが伝わっていました」

文子はなにも言わずに、桐子と優彩を順番に抱擁した。母親ほど年上の文子に、旅を通じて少しは貢献できたような気がして、優彩の涙腺はゆるんでしまう。誰かのために尽くす人生ではなく、自分のために人生を生きたい——素敵な決意だった。

この日は日帰りで東京に戻るのではなく、明朝に高速バスを予約していたため、優彩と桐子は安曇野市内の民宿に向かった。

その民宿は安く泊まれるうえに、大浴場がついているとネットでも評判がよかった。はじめは半信半疑だったが、実際に訪れると、家庭的ながら清潔な民宿だった。桐子が選ぶところは、これまでどこもはずれがなく、いったいどうやって選んでいるのか、不思議になるくらいだ。

せっかくなので温泉に入りにいくと、ちょうど桐子も脱衣所に現れた。

これまで仕事上でしか顔を合わせていなかったのに、急に裸の付き合いになるなんて、優彩は気恥ずかしくなる。しかし桐子は、何食わぬ顔でてきぱきと服を脱いで、部屋から持参した浴用タオルを体の前に当てて「じゃ、お先に」と浴場へとつづくドアの向こうにさっさと入っていった。恥ずかしくなっていたこと自体がおかしい気分になり、優彩は準備をして追いかける。

ドアを開けた瞬間、もうもうと白くけむる湯気に包まれた。しばらくして目が慣れてくると、広々とした内湯(うちゆ)が現れる。全面ガラスになった窓からは、安曇野の街を一望できる。その光を反射する内湯では、雲のように湯気がすべっていた。

入り口脇をふり向くと、五つほど鏡付きのカランが並び、そのうちの一番端で髪を洗っている女性のうしろ姿があった。桐子かもしれない。とはいえ、他に何人か女性がいるので、人違いかもしれないと声をかけるのは遠慮して、ひとつ間隔をあけた二つ隣のカランに腰を下ろし、髪と身体を洗った。

髪を束ねて内湯に向かうと、窓際のところから桐子が手をふっている。

「お疲れさまです」

身体を洗ってシャンプーもしたうえに、お湯の気持ちよさで開放的になっていた。また浴場の薄暗さとけぶるような湯気も、裸であることを忘れさせる。おかげで、上司であり謎の旧友でもある桐子に、つい抱いてしまう遠慮も洗い流されるようだ。

「今日は、文子さんの話に引き込まれましたね。ああいう風に、恋のせいでまわりが見えなくなる経験って、私にもあったからなぁ」

桐子に言われ、優彩は目を丸くして「そうなんですか？」と答える。

仕事上ではいつも冷静で抜かりなくこなす桐子は、恋愛から遠いような印象を受けていたからだ。

「そういう経験って、夫さんとですか？」

「そうですね……夫とは、画廊で働いていた頃に、仕事を通じて知り合って、結婚して。

でも子どもができた頃から、少しずつうまくいかなくなったんです」

「今は、別居なさってるんですよね」

桐子はあいまいに肯きながら、お湯を肩にかけた。

「ただ好きなだけじゃ、結婚ってうまくいかないんですよね。でも、子どもの気持ちを考えると、別れる決心がつかなくて、騙しだましやってる感じです」

そっか、と相槌を打ちながら、優彩は羨ましくなった。

「大変そうだけど、私には正直、そんな風に人を好きになったことがないから、いいなとも思います。文子さんの話もしかり」

「たしかに、あんなに素敵な恋バナは、そう聞けないですよね」

「碌山のエピソードも、そうでした」

桐子は空を仰いだあと、自然な流れで訊ねる。

「優彩さんは、彼氏とかいないんですか」

「いないですね、ご縁がなくて」

「そっか」という桐子の反応は、屈託がなかった。視界があいまいな浴場では、メイクをしっかりした普段とは違い、どこか幼げに見えるせいだろうか。せっかく桐子が腹を割って話してくれたので、優彩もなにかを打ち明けたくなる。

「私は、今のところ、結婚とかってピンと来なくって。むしろ、気の合う人がいたら、男でも女でも、一緒に生活していけたらいいなっていうのが本音です。あ、といっても私は、同性愛者ってわけじゃないんですが」

「つまり、恋愛は抜きにして、ってこと？」

「そうです。大人になると、男女で結婚して子どもを育ててっていうのが当たり前の風潮がありますけど、別に、恋愛は恋愛で切り離して、生活するのは女同士、男同士でもいいんじゃないかなって思うんです。だって恋愛は冷めちゃうけど、友情はつづいていくことが多いし。気が合う人といるのが、お互いに長生きしそうだから」

しばらく桐子は考えこむように黙っていたが、「たしかに」と呟いた。

「その方が、絶対に合理的ですね。異性で固定しなくてもね」

「でしょう？」

桐子と笑いあいながら、優彩ははたと気がつく。

「実際、私も母と二人で暮らしているんですけど、世間一般からすれば、いつ結婚するんだとか、いつまでも実家に甘えてとか、うしろ指をさされる立場かもしれません。でもそんなの関係なく、私は母のことが好きで一緒にいたいんですよね」

口に出してみると、とたんに心が軽くなった。

母を目の前にしなくても、母との関係を見直し、前向きに捉え直すことができるのだと、優彩は旅の威力に驚かされる。

「よかったら、露天風呂に行きません？」と、桐子は立ちあがった。

「いいですね」

浴場内の引き戸から外に出ると、冷たく乾いた夜風に深呼吸する。どうどうと音を立てて湯が注ぎこまれる湯船は、ごつごつした岩で囲まれ、何人かの客が白いタオルを脇に置いて、まったりとつかっていた。一段浅くなったところで半身浴をしながら、二人は会話を再開させた。

「そういえば、あとで社長に蕎麦を買わないと」

「あの方、そば好きなんですか？」

「はい。江戸っ子なので、一緒に蕎麦を食べにいくとうるさくて大変ですよ。優彩さんも近いうちに誘われると思いますが、話半分に聞き流してくださいね」

困ったように言いながら、桐子の口調は楽しそうだった。

「桐子さんと梅村社長は、付き合いが長そうですね」

「ご夫婦ともに、働いていた画廊によく来てくださったお客さんなんです。当時からご実家の旅行会社を営んでらっしゃって、資金が潤沢にあるわけじゃなくても、若いアーティストの素質や新しい作品の価値を見抜いて、ここぞという場面で作品に投資する目には、本当に長けていましたね」

「あの社長が？」

優彩はつい、そう訊き返していた。オフィスではろくに仕事をしていないように見える、マイペースで腹の内を見せないあの社長が――。

「信じられないでしょ？　でも梅村さんに作品を買ってもらうのは、なにかしらの賞を獲るよりもすごいっていうのが業界内での評判です。だって梅村さんが高く評価したアーティストは、そのときは無名でも必ず評価されるんです。おおらかな人柄と人脈の広さのおかげでもあると思うんですが」

訊けば、梅村が昔に買った作品のなかには、今では億単位の市場価値を持つものもあるという。

「だから会社でも、アートの旅の企画をする余裕があるんですね」

「そういうことです。普通、利益度外視でこんな企画はできません。まぁ、社長はああいう性格なので、奥さんから怒られてばかりですが」

ぶっちゃけた発言に、優彩は吹きだしてしまう。しばらく二人で笑い合った。急に肩の辺りが肌寒く感じられて、お湯に肩までつかる。「ごくらく、ごくらく～」と呟いてしまいそうなくらい、全身の筋肉や血管がほぐされ、体内で滞っていた血の巡りがよくなっていくのを感じた。

「いやはや、まさか梅村社長が、そんなにすごい人だったとは……」

「しかも、それだけじゃないんですよ。一生遊んで暮らせる資産価値のある美術品に囲まれていても、あの人は旅行会社をつづけてるんですよね。それは、『アートに恩返しをするため。アートに縁のない人にアートのよさを伝えたい』からだそうです。節税対策もあるでしょうけど」

「それって、桐子さんが以前、話していたこととつながりますね」

指摘すると、桐子はほほ笑んだ。

社長の信念に賛同したからこそ、桐子は誘いを受けて、旅先でアートを紹介する仕事をしようと決意したのだろう。たしかにふり返れば、社内での打ち合わせや依頼人とのやりとりで、社長がさりげなく的確なアドバイスをくれる場面もあった。

たとえば、京都旅行に出る前に寛次郎の言葉をくれたり、今回の旅行の前にも、アートラインと呼ばれる安曇野の名所について教えてくれたり。これまで迷っていた疑心暗鬼な自分を省みる。

「私、これからも頑張って働きます」

「よかった。じゃ、私はそろそろ上がりますね」

先に去っていく桐子のうしろ姿を見送ってから、ふと夜空を見上げると、東京とは比べ物にならないくらいの星々がきらめいていた。

＊

例の使い捨てカメラを預けた写真屋に、現像されたフィルムと写真を受けとりにいけたのは、安曇野の旅から戻って二週間後の、六月に入ってからだった。

写真屋からは、五月の最終週に準備が完了したことをメールで告げられていたが、はじめての顧客――新婚夫婦で、関東圏の美術館に行きたいと希望していた――を担当することになり、その対応や下調べで忙しかった。写真屋は午後六時には閉店してしまうので、少しでも残業すると間に合わなかった。

「運がよかったですね」

カウンターには、以前の来店時にも対応してくれた男性店員がいて、開口一番で優彩に言った。この日は、前回会ったときよりも機嫌がよさそうだ。きっと優彩が預けた使い捨てカメラのフィルムがまだ生きていて、それを復元させられたことに満足しているのだろう。

「ありがとうございます。とても助かりました」

頭を下げると、店員はドヤ顔で胸を張る。

「本当にね、幸運でしたよ。他の店に持ちこんでいたら、こうはうまくいかなかったんじゃないかな。僕も、久しぶりに腕が鳴りました」

「やっぱり状態は悪かったですか」

「なんせ、メーカーの保証期限はとっくの昔に切れているうえに、安価な使い捨てだったからね。何枚かは、手の施しようがないくらい真っ暗に潰れていましたよ。その辺りはもう勘弁してくださいね」

説明しながら、店員はプリントした写真を一枚ずつカウンターテーブルのうえに並べていく。

合計二十数枚の写真が、十年以上の空白を経て、やっと優彩の前に現れる。

予想した通り、小学生時代に撮影されていた。発育の具合からして、一年生くらいの子もいれば、六年生くらいの子もいる。公園らしき場所で撮影されていることから、遠足に違いない。優彩が撮影しているので、自分の姿はどこにも見当たらなかった。代わりに、顔を見れば、なつかしく感じる旧友たちがうつっていた。

優彩は目を皿にして、かつての桐子がうつっていないかを探した。

そのとき、一人の高学年の女の子に目が釘付けになった。

珍しく優彩本人もうつりこんでいて、いわゆる自撮りをした一枚である。顔が大きくうつった女の子はまさしく、四歳年上で近所に住んでいた「きりちゃん」に違いなかった。不思議なもので、彼女の顔を見た瞬間に、一緒に登下校をしたり給食を食べたりした記憶が、押し寄せるようによみがえってきたからだ。

ただし、女の子は今の桐子とは似ても似つかなかった。成長すれば、容姿もある程度は変化するだろうが、そういったレベルではない。どう見ても別人である。

ふと胸元につけられたバッジが目に入る。

そこには「霧谷（きりや）」という苗字（みょうじ）が記されていた。

桐子はあの「きりちゃん」じゃなかった――。

では、一緒に働いている桐子は、いったい誰なのか。安曇野でともに温泉につかった桐子とは、どこで知り合ったのか。優彩は混乱のあまり、店員に声をかけられるまで、ただ写真を凝視（ぎょうし）していた。

第四章　DIC川村記念美術館、佐倉

「一緒に未来へ向かう旅」

午前九時の東京駅八重洲口は、ビジネスマンや旅行者で混雑していた。

梅雨入りしたせいもあり、八重洲口前のタクシー乗り場は長蛇の列だった。傘をさして呉服橋交差点の方に歩くと、京成バスの停車場の屋根の下で、桐子が一人で立っていた。優彩は立ち止まり目を見開いた。

引き返すかどうかを迷って、背中を向けた瞬間に、桐子の声が飛んでくる。

「あれ、どうしたんです？」

気まずさが二倍になったようだが、優彩は何食わぬ顔で近づく。

「おはようございます！　早いですね」

努めて明るくふるまったせいか、声がやたらと大きくなった。

「私も今ちょうど着いたところですよ。優彩さん、もしかして引き返そうとしていませんでした？」

「いえっ、まさか」と即座に否定するが、逆に白々しく響いて言い訳する。「いまだに移動に慣れなくて、遅刻したらどうしようと思うと、目覚めもいいというか、やたらと早く出発してしまうんですよね。遠足の前夜に眠れない子どもみたいですが」

「なるほど」

桐子がほほ笑んでくれて、優彩はホッとする。

改めて腕時計を見ると、たしかに待ち合わせ時間まで三十分もあった。そう言う桐子の方こそ、こんなに早くに到着するなんて理由でもあるのだろうか、と訊きたいがタイミングをつかめない。

あいにくの雨模様だし、お客さまが来るまでカフェで時間を潰しましょうか、という話になって、目と鼻の先にあったチェーン店のカフェに入ることになった。

スーツ姿の会社員がつぎつぎに出入りするなかで、それぞれコーヒーを注文して入り口近くのカウンター席に腰を下ろす。二人は無言でコーヒーをすすった。いつもなら世間話をするところだが、この日はなんとなく気まずい。

沈黙のなか観察すると、桐子は黒い革のリュックを背負っているだけで、いつも以上に身軽だった。今回のツアーは今までと違って、千葉県佐倉市への日帰りなのだ。しかし優彩はどうしても荷物を減らせず、結局リュックに加えてトートバッグを手に持っている。

「どうかしました?」と、桐子が訊ねる。

「えっ……いえ、なにも」

「それならいいんですけど」

桐子はふたたびほほ笑み、コーヒーに口をつける。

優彩としては、桐子の正体がわからないことが気になっていた。いつまで経っても思い出せないことへの申し訳なさ半分、騙されているような不信感半分だった。そんな心理を読みとるかのように、桐子もいつも以上に口数が少ない。

「たぶん優彩さんって、私のこと、まだ思い出せていないですよね？」

単刀直入に指摘されて、優彩は思わずコーヒーをこぼしそうになった。

「いやっ、そんなことは」

つい即座に否定してしまってから、後悔する。嘘をついてどうするのだ。憶えていないと白状するのには抵抗があるが、誤魔化したところで泥に泥を塗るようなものだ。優彩は息を深く吐いてから、「すみません」と頭を下げた。

「じつは、桐子さんのことを、別の人と勘違いしてしまっていたみたいで……その子もきりちゃんって呼ばれていたんですが、霧谷さんっていう名前でした。植物の〝桐〟じゃなくて、天気の〝霧〟の方」

「なるほど、ややこしい事態に陥らせてしまったみたいですね。私の方こそ謝ります。たまに会話の流れで、勘違いさせたかもしれないなと思っていました。よかったら、種明かししましょうか？」

一刻も早く思い出したいが、悔しいという本音もある。でもこのままでは桐子に対しても失礼だし、自分もすっきりしない。その一方で、答えを聞いてもなお、思い出せなかったらどうしよう、という不安もあった。すぐに返答できない優彩に、しびれを切らすように桐子が囁く。

「造形教室」

「えっ？」

顔を上げると、桐子はいたずらっぽく笑っている。

「優彩さんって小学生のとき、造形教室に通っていたって、社長にも言っていましたよね。じつは私も、そこに通っていたんです」

「まさか！」

訊けば、所在地や先生の名前も一致した。

だから近くに住んでいたのか。なぜ今になって、例の招待状を送ってくれたのだろう。いくつもの疑問が頭に浮かぶが、いちいち訊ねる勇気は出ない。

「どうです？　思い出せました？」

「すみません、まだ……」

「いいですよ、急がなくて。万が一思い出せなくても、私はいいんです」

答えに迷っているうちに、桐子は腕時計を見た。

「そろそろ時間ですね。行きましょうか」

「そうですね……私、片づけてきます」

返却口にトレーを運びながら、そういうことか、と腑に落ちる。

今回のツアーの行先が、佐倉市にあるDIC川村記念美術館なのは、自分たちの過去と無関係ではないのだ。桐子のあとにつづいて店を出て、バス停まで傘をさして歩きながら、優彩はこれまでのことを整理した。

一週間ほど前、つぎの行先についてオフィスで知らされたとき、優彩は真っ先に、小学四年生の記憶が、鮮やかによみがえった。優彩にとって、DIC川村記念美術館は思い出深い場所でもあった。

造形教室の課外活動で訪れていたからだ。

その造形教室は、自身も作家として活動している、母と同じくらいの年齢で美大卒の女性の先生が、自宅の敷地内にあるプレハブ小屋を改装して、趣味で子どもたちに美術を教えている、気軽なお稽古場だった。

毎週末に教室がひらかれ、月に一度ほどの頻度で子どもたちが通っていた。なかには電車や車などで、遠方からはるばる来ている子どももいたので、それなりに評判のいい教室だったのだと思う。

とはいえ、造形教室といっても、絵画や立体を上手に制作する技術を専門的に学ぶというよりも、楽しむこと、より工夫して遊ぶことが教室の目標だった。結果的に、つくることが好きになって、クリエイティブな発想が育まれるような、そんな肩ひじ張らない空気がただよっていた。

——うちの子には、特別な才能があると思うんです。

最初に教室を訪れて、先生と簡単な面談をしたとき、母が目の前で先生に言っていた台詞を、いまだに優彩は憶えている。母が誇らしげに自分のことを話してくれて嬉しかったし、母の期待に応えたいと優彩は心弾んだ。

実家は金持ちではなかったのに、決して安くない月謝をずっと負担してくれたことも感謝している。通っていた小学校では、忙しそうな教師が、目立たない自分に特別な関心を払うことはほぼなかったが、造形教室では自分らしくいられた。

——優彩ちゃんの絵は線も色も力強くて、先生好きだな。

造形教室の先生からは、肯定された記憶しかない。家族以外の他人から自分のいいところを見つけてもらったのは、あれが最初かもしれない。

先生の人柄のせいか、教室にはみんなでみんなを認めあう雰囲気があった。競わず比べず、それぞれにやりたいことをやる。胸を張って、自己肯定したもの勝ち。そんな暗黙のルールがあった。

造形教室に通う子のなかには、自治体や財団が主催する、子どもを対象にした絵画や造形作品のコンクールで賞をとる子もいたけれど、先生は決して特別扱いせず、こう言っていた。

――大事なのは、誰かにどう評価されるかじゃなくて、あなたが満足しているかどうかだからね。

いつも個性的な服をまとい、髪の毛の色も赤やピンクに染めていた先生は、子どもたちの人気者だった。

教室では、課外活動として都内や関東圏の美術館に、毎シーズンみんなで足を運ぶのが恒例だった。保護者同伴の子もいたが、優彩はだいたい一人で参加した。行先のひとつだったのが、ＤＩＣ川村記念美術館である。

けれど情けないことに、そのときの遠足に誰がいたのか、他の生徒たちのことを思い出せない。たしかに桐子のような、何歳か年上の子もいたような気がするが、もう十何年も前だから記憶はあいまいだ。ましてや、なにを話したのか、どんなことをしたのかも、はるか昔のできごとに思えた。

東京駅八重洲口から出発する、美術館行きのシャトルバスの時刻表を眺めながら、優彩は今日こそ、桐子との関係を思い出そうと決意していた。

＊

待ち合わせの時間を五分ほど過ぎて、一日に一本しかない直通バスを逃したらどうしよう、とさすがに心配になってきたとき、依頼人である三十代の夫婦、小虎正義と朱音の二人が現れた。

小虎夫婦は都内在住であり、今回の旅は、ハネムーンの代わりだという。大切なハネムーンにもかかわらず、関東近郊の美術館を日帰りすることにしたのは、夫の正義が仕事で忙しいことに加え、妻の朱音が妊娠中であるためだった。

「今日は、よろしくお願いします」

礼儀正しく頭を下げた朱音は、肌が白くきれいな女性で、ゆったりとしたワンピースを身につけているのでお腹も目立たない。一方、夫の正義の方は背が高く爽やかな風貌で、大手企業の営業職をしているという。

「日本橋駅からは、迷わずに来られました？」

「おかげさまで」と、朱音は控えめに肯く。「東京駅は人が多くて、万が一なにかあったら嫌だったので、日本橋駅からもこのバス停に近いって事前に教えていただけて助かりました。あと、佐倉駅で乗り換える電車のルートよりも、直通のバスの方が楽で安心ですね」

「そう言っていただけて、よかったです。今日はなにかご不安があれば、いつでもおっしゃってくださいね」と、桐子はほほ笑んだ。

「大丈夫です。安定期にも入って、体調も少しずつ落ち着いてきているし、お医者さんからは外出をおススメされているので――」

すると、朱音が言うのを遮って、正義が笑いながら言う。

「でもさ、そう言いながら、まだ夜中にゲーゲー吐いてるときあるよね？　俺一人じゃちょっと、フォローしきれないところあるわ。なんで、お二人とも、今日はヨメをよろしくお願いします」

正義に悪気はなさそうだが、「ゲーゲー吐いてる」だとか「フォローしきれない」だとか、言い方が少し乱暴ではないか。また、今時「ヨメ」と呼ばれて、複雑な気持ちになる女性もいるのでは。案の定、朱音は顔をくもらせている。

「なんでいつも、あなたってそういう風なの？」

「なに、悪いこと言った？　せっかく同行してもらうんだし、フォローしてもらった方が朱音ちゃんのためだろ？」

「そうじゃなくて、私が言ってるのは……もういい！」

急に目の前で夫婦喧嘩がはじまって、面食らっている優彩と桐子に、朱音ははっと気がついて両手のひらを振った。

「すみません。夫が言うほどは、体調も悪くないので」

ぎくしゃくした空気が流れたところに、バスがやってきた。

DIC川村記念美術館に約一時間で到着する直通バスには、モネの《睡蓮》が大きくプリントされていて、夫婦も仲直りして記念撮影で盛りあがっていた。

今回は朱音の体調を考慮し、関東圏にあって日帰りで行ける美術館を候補で選んでいた。とくに千葉県佐倉市にあるDIC川村記念美術館は、ほどよく旅感がある遠さでベストな選択だろう。

乗りこんだ車内は、ゆったりとしたシートの配置になっており、飲食も自由にできるようだった。通路をはさんで、横二列ずつに座る。通路際に座ったのは、優彩と正義だった。発車してまもなく、正義はこう切りだす。

「今回アートの旅に申し込みたいって言いだしたのは、僕の方だったんですよ」

「そうなんですか」と、優彩は相槌を打った。

「はい。最近、〝アート思考〟って言葉を聞くじゃないですか。美術館に行く時間って、ビジネスの場にも役立つんでしょ?」

「たしかに、ビジネスマンの方からの問い合わせも多いです」

と、桐子も話を合わせている。

「あと、胎教にもいいんでしょ？」

思いがけない言葉が出てきて、優彩は「胎教？」とオウム返ししてしまう。

「懇意にしてもらっている取引先の人から聞いたんです。胎児のうちから、いい音楽やいい絵本を聞かせると、情緒の安定した子が生まれるって」

「でもお腹のなかにいたら、外の世界は見えないんじゃ……？」

優彩が素直に訊ねると、正義は自信たっぷりにこう返す。むしろ、その質問を待っていました、と言わんばかりに目を輝かせて。

「お腹のなかにいるときの赤ちゃんの記憶って、胎内記憶っていわれるんですが、それには聴覚や味覚に加えて、妊娠中のママが見た風景も含まれるんですよ。つまり、赤ちゃんはママの目を通じて、もう世界を見てるってことなんです。すごいでしょ」

優彩は半信半疑ながら「へぇ」と驚いた。

するとと窓際の席に座っていた朱音が、ボソリと呟く。

「まただよ」

「え、今なんて？」と、正義が笑顔でそちらの方を向く。

「あのさ、正義ってさ、いつもそうだよね。そもそも胎教っていうのは、赤ちゃんへの教育っていう意味よりも、妊婦さんにとってのリラックス効果とかを指すもんなんだよ。今から英才教育をする、みたいに言わないで。そもそも無事に生まれてくるかもわからないのに」

一瞬、しんと静まり返った。

気まずい空気を打破するように、正義は声色を明るくして言う。

「アート思考じゃなく、マイナス思考か？　きっとスルッと無事に生まれてくるって」

「スルッと？」と、朱音は眉間にしわを寄せた。「そういう無責任な言い方は止めて！　産むのは私なんだから。男のあなたになにがわかるっていうのよ。スルッと生まれるって、いったいなんなの？　電車の改札口じゃないでしょ！」

「頼むから、怒らないでよ……せっかくの旅行なのにさ。そんなつもり、俺には全然ないんだから。それに、話しあって無痛分娩にしたじゃないか」

「無痛分娩にしたって言っても、結局、難産になったり予定日より早まったり、いろんな事情で自然分娩に切り替わるんだよ。赤ちゃんも命がけで生まれてくるし、母子ともに無事とは限らない！」

「おいおい、そんな縁起の悪いこと言うなって――」

「私が言いたいのは、あなたに〝無事に生まれてくる〟なんて断言される筋合いはないってこと！」

声が響いて、前の方の座席に座っていた乗客が、ちらりとこちらをふり返った。さすがに朱音もわれに返ったらしく、顔を赤く染めて「すみません、私ってば、つい」とこちらに向かって頭を下げる。

「いえいえ、大丈夫です」

と返しながら、妊娠中は感情の浮き沈みが激しくなる、とどこかで読んだことを優彩は思い出す。あまり刺激しない方がよさそうだ。興奮して血圧が高くなっても、妊婦には悪影響だろう。

その割に、通路際に座っている正義は、妻の不機嫌について深く考えもせずに、スマホでSNSをチェックしているようだ。

「佐倉市といえば、バンプ・オブ・チキンかー」

などと独り言を呟いている。一見、爽やかなイケメンに見えたけれど、じつはこの夫の方も曲者（くせもの）かもしれないな、と優彩は心に留めることにした。新婚旅行といっても、幸せいっぱいのラブラブというわけではないようだった。

ふと、隣に座っている桐子と目が合うが、つい逸らしてしまう。

造形教室というヒントをもらいながら、いまだに思い出せないことで、余計な遠慮が生まれてしまう。おそらく桐子も、こちらの葛藤に気がついているだろう。優彩と桐子のあいだにも、今までにない溝が生まれていた。

午前十一時少し過ぎに、バスはDIC川村記念美術館に到着した。あっという間のバスの旅だった。

バスから降りた瞬間、自然を近くに感じる。ほんの一時間前まで、日本で有数の混雑した駅の雑踏(ざっとう)にいたとは信じられない。鳥のさえずりや木立のざわめきが、遠くの方から届いてくる。

「では、行きましょうか」

美術館らしい個性的なサインボードに従って順路を進んでいくと、木々や草花に囲まれた小道がつづく。小道を歩いた先に、ひらけた公園が待っていた。白い雲が広がっているが、雨は止んでいる。よく手入れされた芝生の向こうに、噴水のある広々とした池があった。そこには水鳥も泳いでいて、ピクニックシートを敷いて、いつまでも寝そべっていたくなるような場所だった。

「日本じゃないみたい！」

朱音もバスでの暗い表情から一転、嬉しそうにスマホのカメラを構えている。

「たしかに、ヨーロッパの公園を思い出すな。ロンドンやパリに来たみたいだ」と、正義も大きく伸びをしてから、桐子に訊ねる。「千葉にこんなに素敵で広い敷地があるのは、どうしてなんです？」

「この美術館は、印刷インキの世界トップメーカーであるＤＩＣ株式会社が、自社の総合研究所敷地内に設立したんです。川村というのは、創業者である川村喜十郎(かわむらきじゅうろう)氏の名前からとられています。二代目である川村勝巳（かつみ）氏が代々収集されていた芸術品を一般に公開するために、この美術館を構想しました」

「なるほど。公立ではなく、プライベート・コレクションなわけですね」

「その通りです」と、桐子は肯いた。

敷地内にもたくさんの野外彫刻が展示されているというが、まずは屋内にある作品を見にいくために、一行は公園を横切って、建物へと向かった。現れたのは円筒に三角屋根をのせた、積み木のようなデザインの可愛らしい煉瓦造りの塔だった。塔はふたつ並んでおり、その奥にも棟がつながっている。

「ちなみに、この建築をデザインした海老原一郎（えびはらいちろう）氏は、初代館長だった川村氏の高校の同級生でした。ここを依頼したとき、彼らはともに八十代になっていましたが、七十年来の友人に、美術館をつくりたいという夢を託したわけですね。そうして川村記念美術館は、海老原氏にとって最後の作品になったんです」

「最後の作品？」

「はい。海老原氏が亡くなったのは、美術館オープンから数日後のことだったので、完成した姿を見られませんでした」

「切ない。でも約束は果たしたんですね」と、朱音は建物を見あげながら言う。

「では、なかに入りましょうか」

入り口の方を指して、桐子は若い夫婦を館内にいざなった。

館内のエントランスホールは、薄暗く静かな空間だった。円筒の内側が二つ連続するような設計になっており、それぞれの天井では、紙でかたどられた菊の花のような不思議な装飾から、やわらかな灯りが漏れだしている。目の前には、複数の小窓それぞれに埋めこまれたステンドグラスと、裸婦の黒いブロンズ像が現れる。

展示台から見下ろすマイヨールの《ヴィーナス》は、この先つづく展示室への水先案内人のようでもあった。

順路に従って、まずは長い通路を通り、印象派からエコール・ド・パリへと至るヨーロッパ近代絵画を集めた、はじめの部屋に入る。誰かの家に招待されたかのような、日常の居住空間を連想させる内装だった。

「なんだか落ち着きますね」と、朱音も同じことを感じたらしい。

「もともと印象派の絵画は、家のなかに飾って楽しむ身近なものでした。おそらくこの美術館でも、リラックスしてゆっくりと鑑賞できるように演出されたんでしょうね。その証拠に、床はカーペットが敷かれていますし、天井もそれほど高くないアーチ型になっていますから」

桐子の解説に、朱音は肯く。

「なるほど。作品にも親しみを持てます」

朱音は息を吐いて、展示室の中央にある、分厚いクッションのついたベンチに腰を下ろした。

「それにしても素晴らしい名画ですね。ルノワール、ボナール、ラトゥール、シャガール……なんとかールが多いな」

　正義は自分で言ったことに、一人くすりと笑った。

「僕は前からシャガールの、この《赤い太陽》を見るのが楽しみだったんですよ。モネの《睡蓮》も素晴らしいし、ピカソだって……なんというんでしょうか、よくこんなの描けるなって思いますよね。見ているだけで、インスピレーションが湧いてきます。こういう芸術に触れると、がぜん仕事へのやる気も湧いてきますね」

　正義は、桐子や優彩に相槌をはさむ隙も与えずに、こうつづける。

「僕も、父親になるわけですから、いっそう仕事の量を増やしていこうと思っているんです。家族のために頑張らなくちゃって。さっき胎教についてお話ししましたが、今回は自分への戒め（いまし）というか、やる気を出すための旅になるといいなぁ」

　決意表明でもするように胸に手を当てて言うと、正義は紙のノートを出して、なにやらメモをとりはじめた。なにを書いているのかと訊ねると、今取り組んでいるプロジェクトの新しいアイデアが浮かんだのだという。

そのあとも熱心に、作品が描かれた背景や作者の人生について桐子に質問する。質問攻めといってもよかった。桐子はひとつずつ丁寧に答えながらも、それほど詳しく訊かれることは珍しいのか、少し面食らっている様子でもあった。正義は会話に集中したまま、つぎの展示室へと移動していった。

優彩はふと、ベンチに腰を下ろしていた朱音が無言であることに気がついた。

「あの、急がず、朱音さんのペースで大丈夫なので」

念のため声をかけると、朱音の顔色が悪かった。

「どこかで休みましょうか？　それとも、飲みものとか、必要なものとかは？」

優彩が訊ねると、朱音は首を左右にふった。

「大丈夫です。ごめんなさい、心配かけて……あの、私はカフェとかで休んでます。みなさんで見学をつづけていてください」

「えっ？　いいんですか」

「はい」

「でも」と優彩は躊躇う。このまま一人きりにして大丈夫だろうか。

少し待っていてほしいと朱音に言い、優彩は急いで、隣の展示室にいた正義と桐子に事情を伝えにいく。正義は血相を変えて朱音のもとに飛んでいくが、朱音は頑なに「私のことは構わないで一人にしてほしい」の一点張りだった。正義は「本当にいいの？」

と困惑し途方に暮れているが、桐子の説得によって、いったん朱音は敷地内のお店に向かい、正義は引き続き館内を見学することになった。

＊

美術館を出て、水辺に沿って歩くと、レストラン〈ベルヴェデーレ〉に辿りついた。事前の調べによるとイタリア語で「美しい眺め」という意味の店名にふさわしく、店内はガラス張りの窓に囲まれ、周囲の緑が目に優しかった。

ランチタイムのはじまりとあって、あいにく何組か並んでいた。

「一緒にお待ちしてもいいですか？」

朱音は迷いながらも「じゃあ、申し訳ありませんが、お願いします」と肯いた。

「私の時間はまったく構わないので、お気になさらないでくださいね」

「すみません……あの、少し話してもいいですか？」

「もちろんです」

「なんだか私、間違った結婚だったんじゃないかって、急に絶望的な気分になっているんです」

正義には申し訳ないが、優彩はなんと答えればいいのかわからなかった。夫婦二人ともに同情する。そんな優彩に、朱音はいくぶん心を許してくれたのか、順番待ちの椅子に並んで座りながら、ぽつぽつとこれまでの経緯を話してくれた。

　数年前、二人は共通の知人が企画した飲み会で出会い、付き合いはじめたものの、少なくとも朱音の方はまだ自由でいたくて、結婚については消極的で、真剣には考えていなかった。そんな折、妊娠が発覚した。互いの両親のすすめもあって、あれよあれよと入籍（にゅうせき）し、結婚式の日取りが決まった。

「でも、いざ妊娠がわかったとき、不安ばかりが先につのって。正直、嬉しいとか幸せだっていう気持ちよりも、ネガティブな方が勝（まさ）ったんですよね」

　朱音は言いにくそうにしながらも、吐きださずにはいられないといった苦々しい表情で語った。

　不安は日を追うごとに大きくなった。たとえば、夫のちょっとした発言。生活スタイルを変えるつもりはなく、むしろ仕事は今以上に頑張りたい、という正義の姿勢には何度も疑問を感じてきたという。

「二人の子どもには違いないのに、なぜか私ばっかり我慢している気がして。こっちは体調不良で、通勤もきつくなって、休職する道を選びました。上司や同僚にかなり迷惑をかけたから、前みたいに復帰するのは難しいと思っています。経済的にも精神的にも、もっと働きたかったという本音があって、複雑な心境です。それなのに、夫はだからこそ俺が今以上に働くしかないって言いだして」

朱音は深いため息を吐いた。

「そのお気持ちを、正義さんには話したんですか？」

「もちろん、話しました。でも彼には、うまく伝わらなかったんです。子どもが生まれるのが嫌なの？って、極端な解釈をされちゃって。そういうわけじゃないのに。こちらの微妙な不安を、そのまま受けとってくれないんです。いつも悪いように受け止められてしまって喧嘩になる。だんだん私がわがままなだけなんじゃないかっていう気になってきて、諦めるしかなくなるんです」

数ヵ月前に挙げた結婚式で、正義への不満は決定的になった。

彼は準備の途中段階で、仕事上の付き合いの一環として結婚式に大勢の知人を招待すると言いだした。朱音としては、妊娠していることもあって、親族だけの顔合わせ程度でよかったのに。しかも仕事で忙しい夫に代わって、つわりを我慢しながら煩雑な準備をさせられる羽目になった。

安定期に入ったら新婚旅行でアートを見にいこう――。

正義がそう言いだしたときも、朱音は困惑した。

朱音としては、ハネムーンなんて行かなくていいから、家に一緒にいてサポートしてくれるだけでよかったのに、正義は友人から胎教をすすめられて、すっかりやる気になってしまったという。一度こうだと思えば、その方向に突っ走ってしまうのが正義の悪い癖でもあった。

「私もアートが嫌いだっていうわけじゃないんです。ただ、今の私には、料理や掃除をしてくれる方が、よほど嬉しいし有難いんです。つまり、夫の気遣いと、私の要求がズレてるんですよね。夫は悪い人じゃない。私のことを好きなのも伝わります。仕事を頑張るとか、いろんな場所に連れていきたいとかっていうのも、私や赤ちゃんのためだっていうのもわかります。でも悪意がないからこそ厄介なんです」

悪意がないからこそ厄介——それは、優彩にも身に覚えのあることだった。

普段から、たまに母に対して同じことを思うからだ。

どんなに嫌だと感じていても、あなたのことを想ってやったことだと言われてしまえば受け容れざるをえない。そうしないと自分が悪者になってしまうからだ。自分さえ我慢すれば波風立たないので諦めてしまう。

「結局のところ、夫は私のことなんて、全然お構いなしなんですよね。そういう夫を見ていると、結婚したことさえ後悔しちゃいそうになって。妊娠も喜べないんです……この子を産んでも、不幸にさせてしまいそうで」

お腹に手を当てながら、朱音は真っ青な顔で呟いた。その目からは、今にも涙があふれそうだった。

咄嗟に、優彩はトートバッグからハンカチを出して手渡すが、朱音は「いえ、大丈夫」と自分のハンカチで目頭をおさえた。

「こんな話、はじめて誰かにしました」

その一言に、優彩は胸がつぶれた。一人きりで抱えていたのかと想像したからだ。朱音がどれほど追い詰められ、誰にも言えなくて」

「辛かったですね。誰にも言えなくて」

朱音はふたたび、ハンカチで目元をおさえた。

「困ったな。ホルモンバランスの乱れのせいかも」

黙りこんでいると、店員から声をかけられ、席に通してもらえた。見晴らしがよく、気持ちのいい席だった。朱音はハーブティーを注文し、優彩も同じものにした。ちょうどいい温かさのハーブティーを飲みながら、朱音はずっと無言で、緑ゆたかな景色を眺めていた。彼女の目に、どんな風にこの景色はうつっているのだろう。優彩は少しでも、この時間が彼女にとってポジティブに作用してほしいと願った。

ハーブティーを飲み終わると、朱音は顔を上げて優彩を見た。

「付き合わせてしまって、すみませんでした」

「いえいえ」

「もう落ち着きました。美術館に戻りましょう」

「大丈夫ですか？」

「はい。せっかくなので、残りの作品も見ていこうと思います」

朱音は笑みを浮かべた。

会計を済ませると桐子に連絡をして、朱音がまだ見ていない順路途中の展示室で待ち合わせた。先に待っていた正義は、打って変わって遠慮がちに言う。

「もう帰る？　無理しなくていいよ」

「ううん、私も最後まで見たいから」と、朱音は首を横にふった。

一見、仲直りをしたようだったが、正義が手をつなごうとして差しだした右手は、朱音からさりげなく見て見ぬふりをされている。二人のあいだには、いまだにぎくしゃくとした空気が流れていた。

つづいて足を踏み入れた展示室は、壁も床もグレーで薄暗かった。壁には一点ずつ等間隔に絵画や立体作品が並べられ、朱音はゆっくりと順番に見ていく。すでに桐子と鑑賞を終えた正義は、妻の姿を数歩うしろで見守っていた。どこか不穏な画風の作品がつづく前で、朱音は呟いた。

「ちょっと怖いね」

正義が一歩前に出て、朱音の隣に立つ。

「さっき志比さんから聞いたんだけど、第二次世界大戦前後のヨーロッパでつくられた作品がまとめて展示されているんだって」

「戦争の影響があるってこと？」

「うん。たとえば、このヴォルスっていうドイツ人の画家はもともと写真家だったんだけど、強制収容所に抑留されたんだって」

　ヴォルスの絵は、目を閉じたとき、まぶたの裏に浮かんでくる残像のようだった。カンヴァスにこすりつけるように描かれた黒や赤の線は、傷跡や血痕を連想させ、不穏でありながら優彩の心を惹きつけた。

「これは？」

　朱音がつぎに立ち止まったのは、マグリットの《感傷的な対話》だった。

　横幅六十センチほどの、こぢんまりした絵だ。赤く染まった夕暮れどきに、二体の奇妙な形をした白いオブジェが、お互いに向き合っている。背景にある建物は、なぜか窓だけが額縁のように左に傾いている。その向こうには、空の色に染まった海がつづいていて、なんとも奇妙なムードがただよう。

「この白いオブジェは、ビルボケって呼ばれるフランスのけん玉で、マグリットの絵によく登場するモチーフなんだってさ」

「けん玉なの？」

「でもよく見たら、人みたいに見えてこない？」

「たしかに。なにを話してるんだろう」

「俺にはさっぱり」

「話してる途中に、首がぽろって取れたりしてね。可愛いけど、ホラーみたい」

朱音は絵を見つめながら、ふふっと笑った。その笑顔を見て、正義はいくぶん自信を取りもどしたのか、こうつづける。

「さっきカタログの解説文を読んだら、マグリットはこの作品について、『傾いた窓の前で、日常的な意味を失ったふたつの木製のオブジェが、愛と幸せについて語りあっている』って述べたんだって書かれていた」

「けん玉が、愛と幸せについて語ってるの？」

「うん」

大真面目に肯く正義から絵に視線を戻すと、朱音は独り言のように呟く。

「私たちみたいだね」

マグリットの《感傷的な対話》の前で、若い夫婦はそんな風にぽつぽつと言葉を交わしたあと、つぎの展示室に向かった。

つづく通路は二人並んでは通れないほどの幅の狭さだった。長い通路の先に待ち受けていたのは、「ロスコ・ルーム」である。

ＤＩＣ川村記念美術館の見どころとして、よく宣伝を目にする展示室だった。各辺四、五メートルの変形七角形という、ユニークな形の部屋だ。それぞれの壁いっぱいに、アメリカ抽象表現主義の画家マーク・ロスコが描いた巨大なカンヴァスが掛けられている。

薄暗くライトの落とされた空間に立つと、まるで絵のなかに吸いこまれるような感覚をおぼえる。しだいに暗さに慣れてくると、巨大な絵が黒っぽい単色ではなく、じつは赤や紫といった色彩で構成されていると気がつく。

よく見ると、七角形になった壁のコーナーには丸みが施され、境界線を消している。部屋の面積も、他の展示室に比べてこぢんまりしていた。そうした細部の演出が、絵を見ているのではなく、絵に包みこまれているように感じさせる。

「なんか、すごいね。うまく言えないけど」

朱音は周囲を見回しながら言う。

「でしょ。俺もびっくりした」

二人はしばらく黙って、その空間に佇んでいた。

「でも、私にはわからないかも」

「いやいや、なんとなく伝わってくるもの、あるでしょ？　自分の心のなかを覗いている気分になるっていうかさ。たとえば、ロスコは絵画じゃなくて、場をつくろうとしたらしいんだけど、なるほどって思わない？」と、正義はマイペースに言う。

「わからないってば！　私には自分の心だってわからないもん」

　朱音はため息を吐いて、空間の中央に置かれたベンチに腰を下ろした。

「あのさ、俺としては、朱音のために動いてるつもりだよ？　今日ここに来たのだってそう。でも一方的に拒絶されたら、どうしたらいい？」

「じゃあ、はっきり言う」

「うん」と肯き、正義は朱音の隣に腰を下ろす。

「私は仕事、辞めたくない。家事も子育ても、二人で分担していきたい。あなたは仕事をして、私は家のことをするっていう考え方は、どうしても嫌なの。あと、私がどうしてほしいのかを少しでいいから想像してほしい」

「……うん」

　納得していなそうだが、正義は渋い顔で肯く。

「想像してもわからないなら、先に私に確認してほしい。本当にこれでいいのって。君がしてほしいことはこれなのって。あとは、自分がこれだって思ったら猪突猛進する癖を直してほしい。付いていけなくなっちゃう」

「うん……でもさ、俺だって――」

「言い訳はいいんだって！」

　途中で遮ったかと思うと、朱音は立ちあがった。

正義は弱りきった様子で黙っている。

「やっぱり全然わからない」と、朱音は低い声で呟く。

「……ロスコのこと？」

「そうじゃなくて、正義のことに決まってるでしょ！」

困りきった正義を置いて、朱音は「ロスコ・ルーム」を出ていってしまった。

つぎに待っていたのは、窓の大きくとられた開放的な展示室だった。それまで「ロスコ・ルーム」の暗さに慣れていたせいで、余計に明るく感じられる。緑にほどよく遮られた外光が、白い壁や天井に反射して穏やかな光に包まれている。展示室には数点の作品しかないせいもあって、爽やかな風が吹き抜けていくようだった。

深呼吸をしたあと、正義は朱音に向き直った。

「ごめん」

朱音は顔を逸らしたまま、無言である。

「朱音はさ、ちょっと誤解してると思う。俺のこと」

「誤解って？」

「俺はさ、本当のところ、家のことだってしたい。もっと家にいて、朱音のことサポートしたいんだよ」

「そうなの？」

意外そうに朱音が顔を上げると、正義は頭に手をやる。

「そうだよ。でもつい、男だから、外で稼いで、経済的に妻子を支えなくちゃっていう思考になっちゃうんだよ。〝バイアス思考〟ってやつ？　実際、上司からも飲み会でそう言われるし、まわりもみんなそうだからさ。でもここに来て、作品を眺めながら、本当のところ自分はどうしたいのかって考えてみたら、もっと自由な時間が欲しいのかもなって思った」

必死に訴える正義の表情は、切実そのものだった。

朱音はじっと正義を見つめたあと、ふと笑みを漏らす。

「そっか……正義も大変だったんだね」

「いや、朱音の方こそ」

「私たちもさ、けん玉みたいなものなんだろうね。何度試しても、なかなか完璧な形にならなくて、ごく稀(まれ)に、頭がうまく体にくっつくこともある。絵のことはわかんないけど、そう考えたら、自分たちのこと客観的に見られる」

「本当に？」

朱音は決意した表情を浮かべて、こう言った。

「視野が狭くなっていたのは、私も同じかもね。ほんと、〝バイアス思考〟だった」

どうやら「ロスコ・ルーム」を訪れた二人は、日常ではできなかったお互いに向きあうという時間を持てたようだ。とくに朱音は、感情がかき乱される一方、心の奥底を見つめ直すきっかけになったのかもしれない。

「いいよ。悪気がないことはわかってるし」

そう答えた正義は、今朝はじめて会ったときの調子のよさを取りもどしていた。

「待って！　それ、私の台詞だから」

朱音は怒ったように言いながら笑っていた。

こんなふうに笑う人なんだ、と優彩は新鮮に感じる。

二人はなんやかんや言っても、お互いをパートナーに選んだ者同士なのだ。

「俺さ、朱音の妊娠がわかって結婚もしてくれて、舞いあがってたのかもしれないな。俺は今すごく幸せなんだぞって、周りが見えなくなって。でも本当に今、朱音と一緒にいられて幸せなんだってことをわかってほしい」

朱音は正義に向かって歩みより、手を差しだした。

「手、つなごっか」

「ありがとう。〝アート思考〟に感謝だわ」

最後に、それまでで一番広く、天井の高い展示室がつづいた。

ダイナミックな色使いの巨大な作品が、それぞれに主張してくる。戦後、アートの中心はヨーロッパからアメリカにうつり、その頃にアメリカでつくられた抽象表現主義と呼ばれる流派のものが、主に展示されているらしい。

単に「描く」といっても、平面ではなく、カンヴァスをひねったり、凸凹（でこぼこ）につなぎあわせたりした作品。あるいは、飛沫（しぶき）がとんで、絵具が自由に踊っている作品。もはや絵画というよりも、立体物のように変幻自在だった。

すべての見学を終えて、廊下に出ると、さまざまな作品を鑑賞するのに疲れた目をほぐすような、穏やかな新緑が広がった。

数メートル先に緑が広がる、大きなガラス窓に対峙するように、休憩用のソファが並んでいる。腰かけて景色を眺めると、内面に向いていた意識が、少しずつ外側に、日常へと戻っていくような感覚をおぼえた。

正義がトイレに行っているあいだに、朱音は桐子に言った。

「今日は、来られてよかったです」

「そう言っていただいて、ありがとうございます」

黙って二人を見守っていた桐子は、にっこりと笑って答える。

「ここに来るまで、ずっとモヤモヤしていたんです。でも不思議と、作品を見ていたら晴れやかな気分になれました。正直、今も自信はないけれど」

朱音はそう言いながら、俯いてお腹の辺りに手を当てる。

「きっと大丈夫ですよ」

桐子のきっぱりとした口調を聞いて、朱音は「え？」と顔を上げた。

「じつは私にも、五歳の子どもがいるんです。思い返せば、出産するまでは、母親になれるのかとか、このままでいいのかとか、朱音さんと同じように迷っていました。でも子どもの力ってすごいですよ。私もおかげで、母として成長させてもらっています。はじめは自信がなくて当たり前だから、心配しないでください」

二人がしばらく見つめあっていると、正義が戻ってきた。

「お待たせ。どうかした？」

「ううん……改めて、ありがとうございました」

頭を下げた朱音が、さりげなく目の辺りを拭いていたことに、正義は気がついていない様子だった。

＊

東京駅までのシャトルバスにはもう少し時間があるので、夫婦とはいったん別れて、優彩は桐子とともに庭を散策した。二百五十本の桜が咲くという広大な敷地内には、桜以外にも四季折々の草花であふれている。

二人は美術館を出たあと、噴水のある池の周りを歩いた。木立のはざまからは、点在する野外彫刻と出会うこともできた。色鮮やかな大輪のアジサイが見所らしい散歩道を通りすぎると、やがてモネの《睡蓮》を思わせる別の小さな池に辿りついた。

青々とした葉を茂らせる桜の木々に守られるように、池では水鳥が泳いでいた。

「スイレンが咲いてますね」

白くて小ぶりな花が、池の水面に咲いていて、思わず優彩は指をさした。

「本当だ。ヒツジグサですね」

「ヒツジグサ？」

「はい。〝未(ひつじ)〟の刻の〝草〟と書いて、ヒツジグサです。品種はスイレンと同じですが、今のスイレンはほとんどが外来種で、唯一、ヒツジグサだけは日本古来の在来種なんです。他と比べても、花びらが少なくて、世界最小のスイレンでもあるんですよ」

「本当だ」

周囲のスイレンはピンクやオレンジといった鮮やかな花を咲かせているが、ヒツジグサは白くて小ぶりで奥ゆかしい。

「桐子さんって、花や鳥のことも詳しいですね……」

その瞬間、昔の記憶がよみがえった。

断片的でありながら、それは鮮明な映像だった。造形教室の遠足で、ここＤＩＣ川村記念美術館を訪れたときのこと。隣には一人の女の子がいた。自分よりも年上で、いつもしわひとつないブラウスを着ていた女の子。

あの子も植物や鳥のことに詳しくて、質問するとなんでも答えてくれた。

他の子たちは、みんな保護者と一緒だったけれど、自分とその子だけは、なぜか一人でここに来ていた。優彩の母がどうしてその日一緒に来てくれなかったのかは、もう憶えていない。お互いに子どもだけだから、その女の子と優彩は、手をつないでこの庭を散策した。

——はぐれないように、ちゃんと手をつなごうね。

彼女は頼りになる口調で言った。優等生で、造形教室の先生や他の保護者からも頼りにされるような、しっかりしたお姉さんだった。優彩は生まれてはじめて、淡い憧れを抱いていた。大きくなったら、私もあんな風になりたい、と。でも彼女は大抵なぜか寂しそうだった。

——教室、たまにしか来ないんだね？

幼いなりに、気を遣いながら指摘すると、その年上の女の子は肩をすくめた。

——他の習い事が忙しいんだ。最近は塾にも通いはじめたし。

——そっか。大変だね。

——もう辞めることになるかもしれない。

芝生に腰を下ろして、彼女は残念そうに言った。その日は最後の思い出をつくりにきたらしい。その横顔は、まだ辞めたくないと物語っていたが、彼女はそれ以上なにも言わなかった。その姿を見ながら、優彩はカッコいいなと思った。

――優彩ちゃんは、この教室が好き？

年上の女の子に訊ねられ、しばらく考えてから優彩は答えた。

――好きだよ。きりちゃんに会えるから。

そうだ。彼女の名前は〝きりちゃん〟だった。

「きりちゃん」

思わず呟くと、大人になった桐子がこちらをふり向いた。

「やっと思い出してくれた？」

「うん」

自然と敬語がとれていた。

桐子の方も、それで違和感がないようだ。

「一緒にここ来たもんね」

「うん」

何度も肯きながら、当時の気持ちが押し寄せてきて、なぜか胸が苦しくなった。

「でも……そのあと、きりちゃんは造形教室に一度も来なかった」

「そうだね」

「どうしてだったの？」

優彩が訊ねると、桐子は答えた。

「いろいろあったんだ。でも優彩ちゃんのことは、ずっと気がかりだったし、忘れなかったよ。面と向かってちゃんと『さようなら』って言えなかったしね。たくさん話したわけでも、お互いのことをよく知っていたわけでもないのに、自分でも不思議だったな」

ヒッジグサが花を咲かせる池の向こうから、テニスの音が聞こえてくる。ボールがコートの上で弾んだり、ラケットで打たれたりする乾いた音が、ぽーんぽーんとリズミカルに鳴り響いていた。その音を聞いていると、優彩は束の間、十数年前に迷いこんでいるような、奇妙な錯覚をおぼえた。

そのとき、アナウンスが流れた。シャトルバスの出発時刻が近づいており、乗車する人は集まってほしいという内容だった。

東京駅までのシャトルバスに乗りこむと、席はほぼ満席に近かった。夫婦とは離れたところに、優彩は桐子と並んで座った。バスが発車したあと、しばらく優彩は黙ったまま、これまでの経緯をふり返っていた。

「いくつか訊いていい？」

「もちろん」

「あの鍵は、どうしてきりちゃんが持ってたの？」

「あれはね、最後にここに遠足に来たとき、じつは優彩ちゃんがバスの席に忘れていっちゃったんだよ。たまたま隣に座ってた私が見つけたんだけど、結局もう教室には行かなかったから、渡せないままに終わっちゃった」

「ずっと持っていてくれたの？」

「だって優彩ちゃんはあの頃、肌身離さず大切にしていたから。きっと特別な鍵なんだろうなってわかった。返すことができなくて、本当に申し訳なかったんだ」

「ううん、こっちこそ」

何日か家や学校を探し回ったが見つからず、母から鍵を壊そうかと提案されたことも、同時に思い出す。でも優彩は、きっといつか鍵は見つかると信じていた。

「実家から鍵を見つける前に、一度たまたまSNSで、友だちではないですかって、優彩ちゃんのアカウントを提案されたことがあったんだよね。調べてみたら、大学時代の同級生が優彩ちゃんが働いていた画材店と取引してて、優彩ちゃんとSNSでつながってたんだ。最初は気がつかなかったんだけど、名前に見覚えがあったから、優彩ちゃんのアカウントを覗いてみたら、絶対あの子だって確信した」

「すごい偶然だね」

「そうかな？　優彩ちゃんも私も、それぞれの道筋で同じ好きなことをつづけてたからこそだと思うよ。優彩ちゃんは美術が好きで、画材屋に勤めてたわけだし。それを知ったときはとても嬉しかった」

「だから、招待状も送ってくれたんだね」

　桐子は肯いた。

「ほんの思いつきだったんだけどね。まさか、一緒に仕事をすることになるなんて、自分でも想像しなかった。でも久しぶりに会った優彩ちゃんと、またなにかしたいって思ったんだよね」

「ありがとう」

「お礼なんていいんだよ。だって、優彩ちゃんのためっていうよりも、単に会いたかっただけだから」

「……どうして？　友だちだったのだって、十何年も前のことなのに」

　ずっと抱いていた疑問を口にすると、桐子は深呼吸をした。

「優彩ちゃんの作品が好きだったんだ」

「作品って、造形教室での？」

「そう。私はどうしても、先生が言うみたいに、自由にのびのびと表現することが苦手だった。いつも大人たちに気に入られるように、顔色を窺っていたから、お手本がないとつくれないことが多かった。つい、うまくやる方法を探してしまう。他の子も、そういう子が多かったんじゃないかな。だから我が道を行くっていう感じの優彩ちゃんの作品に憧れてたんだよね」

桐子は窓の外に視線を投げる。いつのまにかバスは高速道路に入っていた。

そう言われれば、と優彩は昔を思い出す。先生や他の子たちに褒められることが多かったからこそ、造形教室には楽しく通えていたのだろう。あの頃の自分は、ふり返ると今とは真逆だったといってもいい。

この何年かで、自分はすっかり変わってしまっていた――。

そして、そのことに気がつきもしなかった。

「久しぶりに会って、幻滅させたんじゃない？」

好きなことを仕事にしたら不幸になると思い込み、諦めることが癖になった自分。画材屋の仕事がなくなって無職になってからも、次の仕事をすぐに決められなかったのは、そんな弱さのせいだったと今ならわかる。

「ううん、優彩ちゃんは変わってなかったよ」

「嘘だ。私、どん底の状態だったのに」

「そんなことない。だって今まで何回か旅に出て、いろんな作品を見てきたけど、優彩ちゃんと話してると、作品のいろんな側面に気づけて、すごく面白かったから。招待状を出して正解だった」

優彩は、桐子のことをまっすぐ見られず、反対側の窓の方を見た。ちょうどバスはトンネルに入り、窓にうつった自分が、なんともいえず嬉しいようで泣きそうな顔をしていて、なぜだか笑ってしまった。

＊

「就職、おめでとう！」

かけ声と一緒に、クラッカーが弾けた。

こんな風に、絵に描いたようなお祝い事をするのは、何年ぶりだろう。母はもともと家でパーティをひらくのが好きな人だった。子どもの誕生日会にせよ、学校行事のあとの打ち上げにせよ、この辺りの住宅街に暮らしている友だちを呼んで、お菓子やピザを囲んでにぎやかに過ごしたことを思い出す。

この日の主役は、弟の陽太だった。

「まさか、この年になって、こんなのかぶるとは思わなかったよ」

母が百均で買ってきた、紙のとんがり帽子をかぶった弟の陽太は、やはり照れくさそうだ。

「たまには付き合ってもらわないと！」

クラッカーから飛びだした紙のテープをまとめながら、母は楽しそうに言う。

「でも、もう卒業しようよ。俺だって社会人になるんだからさ」

冗談っぽく言う陽太に、優彩は改めて伝える。

「本当におめでとう。早いもんだね」

「それより」と、陽太は母と顔を見合わせる。「そろそろいいんじゃない？」

「そうね」と答えた母は、優彩の方に向き直った。「あのね、じつは優彩にも、お祝いを準備しているの」

「え？　今日は、陽太の就職祝いでしょ」

戸惑っていると、母が廊下から大きな包みを持って現れた。太ももの高さくらいまである包みを促されるまま開けると、新品のスーツケースが現れた。銀色のボディが新車のように輝いている。

「リモワだ！　高かったんじゃない？」

「いいのよ、値段なんて。だって優彩ったら、いつまで経っても自分へのお土産を買ってくれないんだもん。お母さんと陽太で相談して、二人で買うことにしたの。といっても、陽太にはたくさん出してもらっちゃったけど」

「まぁね、感謝してよ？　内定が出たとはいえ、初月給もまだ先の貧乏学生だから、バイト代貯めるの大変だったよ」と、陽太が楽しそうに言う。「でも姉ちゃん、せっかく旅行代理店で働きはじめたのに、ちゃんとお祝いしてなくて、ごめんな。どうせ古くてボロい鞄ばっか使ってたんでしょ？」

さりげない心遣いに、優彩はつい涙腺がゆるみそうになる。普段はお互いにわがままを言いたい放題なのに、じつは気にしてくれていたなんて。しかし二人に涙を見せるのは気恥ずかしく、優彩は誤魔化すように言う。

「二人とも、余計なお世話だよ」

「あら！　そんなこと言うなら、お母さんが通勤用に使っちゃうよ？　最近ちょっとした荷物も重くて困ってたし」

「リモワでパートに出るってすごい図だから、やめときなよ。俺が通勤に使うわ」

「それもへんでしょ！」

盛りあがっている二人に、優彩は頭を下げた。

「ありがとう」

「どういたしまして」と母は肯くと、ちょっと暗いトーンになって呟く。「こんなことしかできなくて、ごめんね」

「謝らなくていいよ、お母さん」

「そう？」

「うん。プレゼントのことだけじゃなくて、これまでのことも、もう謝らないでほしい。

私の意志で、ここまで進んできたんだから」

　母ははっとしたように顔を上げて、こちらを見た。陽太はなにも言わず、やりとりを見守っている。

「わかったわ」

「あとね、お母さん。じつは私、やりたいことがついに見つかったんだ」

「そうなの？」

「私はいつか、お母さんや陽太と旅に出たい。それで、旅先でアートを見たい」

　母は目を見開き、弟と顔を見合わせながら、意外そうに訊ねる。

「私たちとでいいの？」

「もちろん。私、旅行の仕事をはじめて、本当によかったと思ってるんだ。だから身近にいるみんなに、まずは魅力を伝えたいな」

「……ありがとう」

　母の目には涙が溢れていた。

　優彩は心のなかで、桐子に感謝する。桐子が自分をアートの旅に連れだし、ユリイカな瞬間を教えてくれたおかげだ。ずっと鍵がかかったままだった宝箱を、久しぶりに開ける手伝いをしてくれた。中には置き去りにしていた夢や、自分らしくいられるヒントが、たしかに詰まっていた。

「健康でいてね、病気になっちゃダメだよ」

「そうね、元気でいるわ」

何気ない会話が、自分にかけた呪いを解いていく。自分だって好きなことを仕事にしていいんだ。好きなことは胸を張って、好きだと言っていいんだ。解放感に包まれながら、ふと窓の外に目をやると、雲ひとつない空が広がっていた。

七月に入って、急に三十度を超える暑さがつづいた。

それでも、東京都現代美術館には、たくさんの親子連れが集まっていた。夏休みを目前にした週末とあって、美術館では子ども向けのイベントが目白押しなのだ。ファミリー層に人気のレストラン〈100本のスプーン〉でも、ベビーカーを押している家族が何組も出入りしている。

「美術館って、こんなに子どもに優しい場所でもあったんだ」

感心しながら言うと、桐子は肯いた。

「そうだよ。昴なんて、ゼロ歳の頃から大好きだし」

「ゼロ歳児だった私が好きって言ったわけ？　まあ、お世話になったのは事実だけど」

五歳になる桐子の息子、昴は、子どもというよりも、いっちょまえの人間だった。口も達者だし、こちらが思いもしないような返答をしてくる。五歳児といえば、もっと子どもらしい子どもを想像していたので、優彩はいちいち面食らってしまう。

この日、はじめて会った優彩に「母がいつもお世話になっています」と行儀よくお辞儀をしてきたときは、本当に驚かされた。

昴はどこか中性的で、女の子と間違えそうなくらい可愛らしい顔立ちだ。本人もピンク色の持ち物を好んだり、自分を「私」と呼んだり、いわゆる女の子らしい服を着たがったりするのだとか。今日も髪には、イチゴ模様の髪留めをつけている。

おそらく桐子は、昴にとっていい母親なのだろう。昴は周囲をよく観察する子で、アート作品を見るたびに「どうして、あれはああなの？」「どういう意味？」と、自問するように訊ねては「ああ、なるほど」と自分なりの答えを見つけていた。

展覧会も早々と見終えると、三人は木場公園に向かった。

昴はまだ、静かにアート作品を鑑賞するよりも、公園で走りまわる方が好きらしい。さっそくお気に入りの遊具に向かって突進していった昴を眺めながら、桐子は「転ばないでね！」と叫んでいる。

「今日は、来てくれてありがとう」と、優彩は切りだす。

「ううん、昴もずっと優彩ちゃんに会いたいって言ってたんだ。家でよく優彩ちゃんの話をしてるから」

昴をすぐそばで見守りながら、優彩は鞄からあるものを取りだした。

「じつはね、今日はこれを渡したくて」

「なに？」

桐子の手のひらに置いたのは、白いチューブだった。水彩絵具の有名ブランド「ウィンザー＆ニュートン」のロゴが入っている、五センチにも満たないチューブだ。ほとんど使用されていないが、表面は古く変色して中身も固まっている。

「憶えてる？」

「ううん……なんだっけ」

首を傾げる桐子に、優彩は笑って言う。

「今度は、きりちゃんが思い出す番だね」

「たしかに。こんなにそわそわするものだとは思わなかったな」

「本当だよ」

「ごめん、ごめん」

二人で笑いあったあと、優彩は説明する。

「それね、造形教室に通っていた頃に、きりちゃんが私にくれたものなんだよ。うちってお金なくて、一番早く減ってしまう白い絵具を私はいつも切らしてた。そんな私を見かねたきりちゃんが、このチューブをくれたんだよ」

「……そんなこと、あったっけ？」

「誰かに親切にしてもらったり、影響を受けたりしたことって、それをやってあげた本人は忘れても、やってもらった相手は、いつまでも憶えてるものなんだね」

優彩が言うと、桐子は「そうかもね」と肩をすくめた。

「でも、これ、使ってないよ?」

「もらったことが嬉しすぎて、私、全然使えなかったみたい。勿体ないよね。せっかくもらったのに。でもそのくらい、嬉しいプレゼントだったんだと思う。きりちゃんは私にとっても、忘れられない憧れの人だったよ」

「そうなんだ……ありがとう。今日は本当に来られてよかったよ」

桐子は白いチューブを握りしめると、昴の方に視線を向けた。

「こっちこそ。この先もよろしくね」

「うん」

桐子は笑顔で答える。

それから、二人は昴のことを見守りながら、つぎは日本全国どこのアートを訪ねようかという話で盛りあがった。

主な参考文献

『DIC川村記念美術館　収蔵品カタログ』DIC川村記念美術館、二〇二二年
『カフェのある美術館　感動の余韻を味わう』青い日記帳監修、世界文化社、二〇一八年
『火の誓い』河井寛次郎著、講談社、一九九六年

扉イラスト　宮下和

本文デザイン　大久保明子

この作品は文春文庫のために書き下ろされたものです。

DTP制作　エヴリ・シンク

文春文庫

ユリイカの宝箱（たからばこ）
アートの島（しま）と秘密（ひみつ）の鍵（かぎ）

定価はカバーに表示してあります

2024年1月10日　第1刷

著　者　一色（いっしき）さゆり
発行者　大沼貴之
発行所　株式会社 文藝春秋

東京都千代田区紀尾井町 3-23　〒102-8008
TEL 03・3265・1211(代)
文藝春秋ホームページ　http://www.bunshun.co.jp

落丁、乱丁本は、お手数ですが小社製作部宛お送り下さい。送料小社負担でお取替致します。

印刷・萩原印刷　製本・加藤製本　Printed in Japan
ISBN978-4-16-792158-3

（　）内は解説者。品切の節はご容赦下さい。

白石一文
僕のなかの壊れていない部分
東大卒出版社勤務、驚異的な記憶力の「僕」は、どんな女性とも深く繋がろうとしない。その理屈っぽい言動の奥にあるのは絶望か渇望か。切実な言葉が胸を打つロングセラー。（窪　美澄）
し-48-4

島本理生
ファーストラヴ
父親殺害の容疑で逮捕された女子大生・環菜。臨床心理士の由紀が、彼女や、家族など周囲の人々に取材を重ねるうちに明らかになった環菜の過去とは。直木賞受賞作。（朝井リョウ）
し-54-3

雫井脩介
検察側の罪人　（上下）
老夫婦刺殺事件の容疑者の中に、時効事件の重要参考人が。今度こそ罪を償わせると執念を燃やすベテラン検事・最上だが、後輩の沖野はその強引な捜査方針に疑問を抱く。（青木千恵）
し-60-1

須賀しのぶ
革命前夜
バブル期の日本から東ドイツに音楽留学した眞山。ある日、啓示のようなバッハに出会い、運命が動き出す。革命と音楽の歴史エンターテイメント。第十八回大藪春彦賞受賞作。（朝井リョウ）
す-23-1

鈴木大介
里奈の物語　15歳の枷
伯母の娘や妹弟の世話をしながら北関東の倉庫で育った少女・里奈。伯母の逮捕を機に児童養護施設へ。だが自由を求めて施設を飛び出す。最底辺で逞しく生きる少女を活写する青春小説。
す-26-1

瀬尾まいこ
強運の持ち主
元OLが〝ルイーズ吉田〟という名の占い師に転身！　ショッピングセンターの片隅で、小学生から大人まで、悩める背中をちょっとだけ押してくれる。ほっこり気分になる連作短篇。
せ-8-1

瀬尾まいこ
戸村飯店　青春100連発
大阪下町の中華料理店で育った兄弟は見た目も違えば性格も全く違う。人生の岐路にたつ二人が東京と大阪で自分を見つめ直す。温かな笑いに満ちた坪田譲治文学賞受賞の傑作青春小説。
せ-8-2

瀬尾まいこ
そして、バトンは渡された
幼少より大人の都合で何度も親が替わり、今は二十歳差の〝父〟と暮らす優子。だが家族皆から愛情を注がれた彼女が伴侶を持つとき——。心温まる本屋大賞受賞作。（上白石萌音）
せ-8-3

瀬尾まいこ
傑作はまだ
50歳の引きこもり作家のもとに、生まれてから一度も会ったことのない息子が現れた。血の繋がりしか接点のない二人の同居生活が始まる。明日への希望に満ちたハートフルストーリー。
せ-8-4

高村　薫
四人組がいた。
山奥の寒村でいつも集まる老人四人組の元には、不思議で怪しい客がやってきては珍騒動を巻き起こす。「日本の田舎」から今を描く、毒舌満載、痛烈なブラックユーモア小説！
た-39-3

高野和明
幽霊人命救助隊
神様から天国行きを条件に、自殺志願者百人の命を救えと命令された男女四人の幽霊たち。地上に戻った彼らが繰り広げる怒濤の救助作戦。タイムリミット迄あと四十九日——。（養老孟司）
た-65-1

高杉　良
世襲人事
大日生命社長の父に乞われ、取締役待遇で転職した広岡厳太郎。世襲人事と批判されるも、新機軸を打ち立てリーダーと認められていくが……。英姿颯爽の快男児を描く。（高成田　享）
た-72-9

高杉　良
不撓不屈
税理士・飯塚毅は、中小企業を支援する「別段賞与」という会計処理が脱税幇助だと激怒した国税当局から、執拗な弾圧を受ける。最強の国家権力に挑んだ男の覚悟の物語。（寺田昭男）
た-72-10

（　）内は解説者。品切の節はご容赦下さい。

高殿　円
グランドシャトー
高度経済成長期、義父との結婚を迫られたルーは名門キャバレーのトップホステス真珠の家に転がり込む。二人は姉妹のように仲睦まじく暮らすも、真珠には誰も知らない秘密があり——。
た-95-3

竹宮ゆゆこ
あれは閃光、ぼくらの心中
15歳の嶋はピアノ一筋の人生が暗転。自転車で家出した先で25歳のホスト、弥勒と出会う。弥勒の部屋に転がり込むがそこは……。それぞれに問題を抱える二人が織りなす胸アツ物語。
た-99-3

谷　瑞恵
まよなかの青空
ひかると達郎は、親との葛藤を抱えて育った幼なじみ同士。大人になり再会した二人は、数少ない良い思い出の中の人物を探すことを決意した。現代人のためのファンタジー。（中江有里）
た-110-1

千早　茜
西洋菓子店プティ・フール
下町の西洋菓子店の頑固職人のじいちゃんと、その孫であり弟子であるパティシエールの亜樹と、店の客たちが繰り広げる、甘やかなだけでなくときにほろ苦い人間ドラマ。（平松洋子）
ち-8-2

千早　茜
正しい女たち
偏見や差別、セックス、結婚、プライド、老いなど、口にせずとも誰もが気になる最大の関心事を、正しさをモチーフに鮮やかに描きだす。胸をざわつかせる六つの物語。（桐野夏生）
ち-8-4

知念実希人
レフトハンド・ブラザーフッド（上下）
左腕に亡き兄・海斗の人格が宿った高校生・岳士は殺人事件に巻き込まれ、容疑者として追われるはめに。海斗の助言で、真犯人を見つけるため危険ドラッグの密売組織に潜入するが。
ち-11-1

知念実希人
十字架のカルテ
精神鑑定の第一人者・影山司に導かれ、事件の容疑者たちの心の闇に迫る新人医師の弓削凜。彼女にはどうしても精神鑑定医になりたい事情があった――。医療ミステリーの新境地！
ち-11-3

筒井康隆
わたしのグランパ
中学生の珠子の前に、突然、現れた祖父・謙三はなんと刑務所帰りだった。俠気あふれるグランパは、町の人たちから慕われ、次々に問題を解決していく。傑作ジュブナイル。（久世光彦）
つ-1-19

辻村深月
鍵のない夢を見る
どこにでもある町に住む女たち――盗癖のある母を持つ娘、婚期を逃した女の焦り、育児に悩む若い母親……私たちの心にさしこむ影と、ひと筋の希望の光を描く短編集。直木賞受賞作。
つ-18-3

辻村深月
朝が来る
不妊治療の末、特別養子縁組で息子を得た夫婦。朝斗と名づけた我が子は幼稚園に通うまでに成長し幸せに暮らしていた。だがある日、「子供を返してほしい」との電話が――。（河瀬直美）
つ-18-4

月村了衛
コルトM1847羽衣
羽衣の二つ名を持つ女渡世・お炎は、失踪した思い人を追い、最新式六連発銃・コルトM1847を背中に佐渡へと渡る。正統時代伝奇×ガンアクション、人気シリーズ第2弾。（細谷正充）
つ-22-3

月村了衛
ガンルージュ
韓国特殊部隊に息子を拉致された元公安のシングルマザー・律子。息子を奪還すべく、律子は元ロックシンガーの女性体育教師・美晴とともに、決死の追撃を開始する。（大矢博子）
つ-22-2

恒川光太郎
金色機械
時は江戸。謎の存在「金色様」をめぐって禍事が連鎖する――。人間の善悪を問うた前代未聞のネオ江戸ファンタジー。第67回日本推理作家協会賞受賞作。（東　えりか）
つ-23-1

（　）内は解説者。品切の節はご容赦下さい。

ツチヤタカユキ
笑いのカイブツ
二十七歳童貞無職。人間関係不得意。圧倒的な質と量のボケを刻んだ「伝説のハガキ職人」の、心臓をぶっ叩く青春私小説。笑いに憑かれた男が、全力で自らの人生を切り開く！

つ-25-1

天童荒太
悼む人（上下）
全国を放浪し、死者を悼む旅を続ける坂築静人。彼を巡り、夫を殺した女、人間不信の雑誌記者、末期癌の母らのドラマが繰り広げられる。第百四十回直木賞受賞作。（書評・重松　清ほか）
て-7-2

天童荒太
ムーンナイト・ダイバー
震災と津波から四年半。深夜に海に潜り被災者の遺留品を回収する男の前に美しい女が現れ、なぜか遺品を探さないでほしいと言う――。現場取材をしたから書けた著者の新たな鎮魂の書。

て-7-5

天童荒太
巡礼の家
いにしえより行き場を失った数多の人々を迎えてきた遍路宿で、家出少女の雛歩は自らの生き方と幸せを見つけていく。〈いま、世界に一番あって欲しい場所〉を描く感動作。（青木千恵）
て-7-6

堂場瞬一
帰還
東日新聞四日市支局長の藤岡裕己が溺死。警察は事故と結論づけたが同期の松浦恭司、高本歩美、本郷太郎の三人は納得がいかず、それぞれの伝手をたどって、事件の真相に迫っていく。

と-24-19

土橋章宏
チャップリン暗殺指令
昭和七年（一九三二年）、青年将校たちが中心となり首相暗殺などクーデターを画策。陸軍士官候補生の新吉は、来日中の喜劇王・チャップリンの殺害を命じられた――。傑作歴史長編。

と-33-1

中島らも
永遠（とわ）も半ば（なか）を過ぎて
ユーレイが小説を書いた？　三流詐欺師が写植技師と組み出版社に持ち込んだ謎の原稿。名作の誕生だ。これが文壇の大事件となって……。輪舞する喜劇。痛快らもワールド！（山内圭哉）
な-35-1

中島京子
小さいおうち
昭和初期の東京、女中タキは美しい奥様を心から慕う。戦争の影が濃くなる中での家庭の風景や人々の心情。回想録に秘めた思いと意外な結末が胸を衝く、直木賞受賞作。（対談・船曳由美）
な-68-1

中島京子
のろのろ歩け
台北、北京、上海。ふとした縁で航空券を手にし、忘れられぬ旅の光景を心に刻みこまれる三人の女たち。人生のターニングポイントにたつ彼女らをユーモア溢れる筆致で描く。（酒井充子）
な-68-2

中島京子
長いお別れ
認知症を患う東昇平。遊園地に迷い込み、入れ歯は次々消える。けれど、難読漢字は忘れない。妻と3人の娘を不測の事態に巻き込みながら、病気は少しずつ進んでいく。（川本三郎）
な-68-3

中島京子
夢見る帝国図書館
上野公園で偶然に出会った喜和子さんが、作家のわたしに「上野の図書館が主人公の小説」を書くよう持ち掛ける。やがて、喜和子さんは終戦直後の上野での記憶を語り……。（京極夏彦）
な-68-4

中山七里
静おばあちゃんにおまかせ
警視庁の新米刑事・葛城は女子大生・円に難事件解決のヒントをもらう。円のブレーンは元裁判官の静おばあちゃん。イッキ読み必至の暮らし系社会派ミステリー。（佳多山大地）
な-71-1

中山七里
テミスの剣（つるぎ）
自分がこの手で逮捕し、のちに死刑判決を受けて自殺した男は無実だった？　渡瀬刑事は若手時代の事件の再捜査を始める。冤罪に切り込む重厚なるドンデン返しミステリ。（谷原章介）
な-71-2

中山七里
ネメシスの使者
殺人犯の家族が次々に殺される事件が起きた。現場に残された、ギリシア神話の「義憤」の女神を意味する「ネメシス」という血文字の謎とは？　死刑制度を問う社会派ミステリー。（宇田川拓也）
な-71-3